Zadie Smith

Grand

大联盟

Union

[英]扎迪·史密斯———著

张 芸———译

上海译文出版社

献给莫德

怎么会有人做不到呢

——《昨日在那运河边》，弗兰克·奥哈拉

目录

辩证法

"我想和所有动物友好相处。"女人对她的女儿说。她们坐在索波特[1]的砂质海滩上，远望寒冷的海。大儿子去了拱廊那边。双胞胎兄弟在水里。

"可你没有！"女儿嚷道，"你根本没有！"

确实如此。就意图而言，女人讲的是真的，但从实际看，这个女孩讲的也对。女人虽然基本不碰牛肉、猪肉和羊肉，却——津津有味地——吃许多别的动物和鱼，夏天时，在他们住的市区小公寓闷热的厨房里放上捕蝇纸，有一次（虽然她的女儿不知道这件事）还踢过家里养的狗。当时，女人怀着她的第四个小孩，情绪波动大。事发那一刻，她觉得那条狗是个大麻烦。

"我不是说我做到了。我说我很希望能这样。"

女儿发出冷冷的笑声。

"光讲没用。"她说。

诚然，眼下，女人手里拿着一根吃了一半的鸡翅，怪异地举着，以免给蒙上一层沙。那根鸡翅的骨头形状可见，薄薄的、经过烧烤的鸡皮撑开，裹着那些骨头，样子惨不忍睹，正因为如此，才引出这个话题。

"我不喜欢这地方。"女儿斩钉截铁地说。她怒视着救生员,先前救生员又一次不得不趟入浑浊的水中,提醒仅有的泳客——女孩的两个亲哥哥——别越过红色的浮标。他们没在游泳——他们不会游泳。市里没有可以上游泳课的场所,他们每年在索波特待七天,时间不够,学不会。不,他们是在往浪里跳,然后被浪冲倒,双脚像新生的牛犊一样站立不稳。他们的胸口因沾了那奇怪的泥沙而发灰,海滩周围全是这种泥沙,犹如上帝用肮脏的拇指给这地方画的一个污迹斑斑的大圈。

"没道理,"女儿继续说道,"围绕这么一片毫无生气的污秽海域建一个度假胜地。"

她的母亲缄口不言。她曾跟她自己的母亲来索波特,在那以前,是她的母亲和外婆来。至少在两百年里,人们逃离城市来这儿,让他们的孩子在公共广场上恣意奔跑。这儿的泥沙当然不脏,是天然如此,但从未有人告诉过女人它的天然成分是什么。她只知道,每晚一定要在酒店的水池里把他们每人的游泳衣里里外外洗干净。

从前,女人的女儿很喜欢索波特的海和这儿的一切。棉花糖,闪闪发亮的电动模型汽车——法拉利和梅赛德斯——可以开着这些车胡乱在街上穿行。和每个来索波特的孩子一样,她喜欢一边沿着著名的木板道走,一边数自己的步子,脚下是海。在女人看来,这样一个度假胜地最大的优点是别人干什么,你干什么,不用动脑子,随大流。对没有父亲的家庭而言——他们现在即如此——这种集体性是最好的掩护。这儿没有个人。相反,在城里时,这女人是个体,特别不幸的

---

1. 波兰北部的一个海滨城镇。

002

一类个体，担负着抚养四个没有父亲的孩子的重任。在这儿，她不过是又一位给家人买棉花糖的母亲。她的孩子和所有孩子一样，他们的脸被大团云絮状的粉红棉花糖遮住。今年是个例外，在她的女儿看来，这层掩护无济于事。她自己即将变成一个女人，要是坐进那荒唐可笑的玩具车，她的膝盖会碰到下巴。所以她决定一反常态，厌恶索波特的一切、她的母亲和世间万物。

"我的意思是渴望，"她的母亲说，声音很轻，"我想要和一头动物——不管什么动物——对视，而能完全不感到内疚。"

"哦，那就和动物本身无关。"女孩傲慢地说，并终于解开裹着的浴巾，在太阳下露出她宝贵、青春的身体，让那些引颈呆望的人看见，此刻她相信这样的人正潜伏在四周，每个角落后面。"照例，还是你的问题。又穿黑的！妈妈，游泳衣有不同颜色，你知道。你把什么事都搞得像葬礼一样。"

装烤鸡的船形小纸盒想必被吹走了。索波特不管变得多暖和，似乎总会有那股东北风，海浪卷得很高，如奔腾的"白马"，救生员的牌子会竖起，从无可游泳的安全时段。人生很难得偿所愿。此时，她朝她的儿子挥手，他们也朝她挥手。但他们挥手仅是为了引起他们母亲的注意，让她能在此刻看见他们卷起舌头顶着下嘴唇，双手夹于腋下，在又一个大浪把他们冲倒时笑得前仰后合。他们的父亲，很有可能——就每个在索波特的人看来——正在不远处，给他的家人买更多点心。可事实上，他已移民美国，此刻正在某间超大型的工厂里给汽车安装车门。在离乡前，他本曾幸运地当上了一家小修车厂的合伙经理。

她没有对她的孩子说他的坏话或骂他蠢。从这个意义上，无论她女儿的尖酸刻薄还是她儿子的不成熟和鲁莽，均不能归咎于她。可暗地里，她盼着、想象着他的日子不好过、惨淡无光，他生活在她以前听说过的、属于美国城市特有的那种贫困中。趁她的女儿在把类似炒菜油的东西涂到她腹部紧实的皮肤上时，女人小心翼翼地将她的鸡翅放进沙子里，然后快速、偷偷地踢了更多沙子盖住它，仿佛它是一坨她想埋起来的粪便。那些刚孵出来的小鸡，成千上万只，可能上百万只，经过流水线，一周七天，检查小鸡性别的工作人员把它们翻过来，公的全送进巨大的研磨桶，被活生生地绞碎。

/

情感教育

    过去，她令男人不知所措。但不明白为什么，便从靠不住的消息来源中寻找答案。女性杂志——女人本身。后来，人到中年，她得出别的结论。躺在俯瞰蛇河餐厅、长满草的凉亭里，喜滋滋地看着一个刚学会走路的幼童，她自己的儿子，在戏水池里进进出出地玩耍。忽然，她的女儿出现在她身旁："你看他的神情像是你爱上他了一样。好像你要把他画下来似的。"这女儿刚从露天游泳池里出来，身上挂满浮萍。那名幼童穿的尿布湿了，硕大的一团吊在背后，像黏土似的逐渐变硬。女儿的话值得思考。克里斯托在河里放置了一座平顶的马斯塔巴[1]，高八十英尺，用许多红色和紫色的油桶堆叠而成。脚踏船绕着它来回行驶。胆大的女子穿着潜水服从旁游过。海鸥落在它的顶端，拉屎。这一幕也意欲成为某种值得考虑的东西。云散去，夏末的太阳照住克里斯托的永恒之屋和周围的一切，连她女儿气得发青的脸也被阳光笼罩。以前，女性杂志和女人都把重点放在不足和失误上。问题出在你觉得"少了"什么。现在，过了四分之一个世纪后，她领悟到，看似属于不足的情况，实际是一种不合宜的过剩。什么过剩？会不会是自我过剩？

总之这是事实：她素来视男人为缪斯。始终那样对待他们。

*

达里尔是第一个喜欢她这点的人。他长得不是很高。但英俊极了！他那非洲人特有的臀部是她自己也想要的；他体格壮实，浑身全是肌肉。可爱的鸡巴，一点不抢风头，适于多种场合。她最喜欢他的鸡巴平贴着他的肚皮，指向一道卷曲的茸毛，那撮毛向上延伸，然后铺开，在他对称的胸膛上延展成两片柔软的平原。他的乳头感知到外面的世界，为此着迷，它们犹如昆虫颤动的触角。她身上唯一有那般功能的部分是她的脑子。她尤其羡慕他头上的毛发，柔软、匀称，没有尖锐的鬓角。她自己的头在经过数年美发师的化学药品的摧残后，已经完全剃光。她打算重新开始，试图让她的头发长得更浓密，希望复苏非洲人特有的发根，但在大学城那个小地方，没有人见过这等事，她无意中引起了轰动。可他明白。

*

"你还没见过达里尔吗？"

"你真该认识一下达里尔！哦，我的天哪，你一定得认识一下。"

整个大学上下执意要把他们拉在一起。他们是校内仅有的四张黑

---

1. 克里斯托（Christo，1935—2020），大地艺术家，与妻子弗拉基米罗夫·贾瓦契夫（Vladimrov Javacheff）建立克里斯托与珍妮·克劳德工作室，共同创作了大量户外艺术作品。"伦敦马斯塔巴"是他于 2018 年在英国的第一个大型作品，位于海德公园。

面孔里的两张。"达里尔，莫妮卡。莫妮卡，达里尔！总算见面啦！"他们试图感到恼火，可事实上，由于害羞，他们庆幸有人怂恿。他们晃荡着两条腿，坐在水边，发现他们在同一个邮政编码的地区长大，彼此相距十分钟路程，却素未谋面，他们都得过类似的临时低分——她有几个 B，他有几个 C——证明他们多该受到帮助，或对他们的期许之微，或学校多么开明。答案难以知晓。他们均越过这道低门槛，在各方面表现优异。作为社会实验，他们不容质疑。

*

他们觉察到，对大学而言，以及在名义上，他们似乎没什么区别。但他们清楚其实不然。街名、学校名，父亲的存在相对父亲的缺席。从达里尔下车那站到她自己下车那站之间——已有二十五年没见过他——她浏览着《地铁报》，读到一则残忍的新闻报道，心想，是啊，我的学校出了一位英国足球运动员和两个半歌星；达里尔的学校出了这么一位嬉皮笑脸的傻瓜，刚在伊拉克砍下某人的头。另一方面，莫妮卡第一个真正吻过的男孩，日后在一家炸鱼薯条店刺死了一个人，约莫同一时间，她正在调整头上戴的学位帽。从达里尔下车那站到她自己下车那站之间，她悠然地思忖，假如她嫁给达里尔或那个杀人的男孩，或压根儿没有结婚，她的人生会怎样。大概她的丈夫也有这样一张乏味的地图，画着自己没有走的路。人到中年，变得循规蹈矩。通往肯萨台站的地上铁路线旁排列着坚实的橡树，时间长河里所作的选择，犹如从这些树上分离出的枝杈。头发开始花白，腰围变粗。不过，在相较开心的日子，她看见同样娇小、高耸的乳房，同样有力、修长的腿，还有回头看她的熟悉而可爱的棕色动物，几乎从不生病、强壮得很。这样的画面有多少真实成分？有多少是错觉？就目前来看，她认为这个问题和年纪有关。现在和二十岁时的差别在于，她完全不确定，前一刻是什么，下一刻是什么。下一站坎农伯里。下一站更年期，告别牛仔裤。抑或是这样吗？比起未走的路或未抽条的树枝，用没有眼睛的蠕虫钻在泥土里活动形容发生的状况更为恰当。但没有一个比喻可以真正涵盖其中的一切。无能为力。

*

　　认识达里尔的六个月前，当时她还在伦敦，与一名身高六尺六的摄影助理度过了一个有趣的夏天。他来自布里克斯顿，是个白人小子，以前从事过滑板运动，曾在涂鸦界大名鼎鼎。有一班贝克卢线的火车，车身一侧喷涂着一条他标志性的紫龙。她发现自己不可理喻地倾慕个子非常高的人。跪在他面前，感觉像行一种敬拜之礼。一天，他们在泡澡，她讲了许多笑话，令他大笑，可犹如喜剧演员想逗人一直笑个不停一样，她越讲越起劲，收到的回报却越来越少：笑声减弱，叹息。她改变策略，用三段式描述他冰蓝色的眼睛、莱妮·里芬斯塔尔[1]的发型和九英寸长、未割包皮的阴茎。她本着实验的精神，潜入水下，张开嘴冲他而去。他爬出浴缸，回家，连续几日没有音讯，然后写了一封甚是高尚的信，说自己被比作纳粹。一封书信！大学入学时，她把这件事当成警示记在心中。不要像谈论物品般谈论他们，他们不喜欢那样。在任何情况下，他们都想成为主体。你，别妄

---

1. 莱妮·里芬斯塔尔（Leni Refenstahl，1902—2003），德国导演、演员。代表
　　作有《意志的胜利》《奥林匹亚》等。

图成为主体。也别试图逗他们笑，别对他们说他们长得帅。

*

在达里尔身上，上述规则全得改写。他爱大笑，对身体崇拜乐在其中。他不怀敌意，平躺着，等待受宠爱。例如，她轻轻松松地让他进入她的身体，毫无痛觉，吸纳他，给他提供暂时的庇护所，直至到时候释放他。不过那时是九十年代：她缺少语言的支持。不是你"释放"男人，是他们"拔出来"。他们是主体。听他们在酒吧大放厥词，因新开的风气、可以无所顾忌地高声谈性而兴奋不已，这已成为司空见惯的事："我狠狠地操了她一顿"，或是"我从屁股后面搞了她"。但和达里尔在一起时，她发现这些仅是说说而已，男人的虚张声势，实际上，慷慨解囊的根本是另一方。一日下午，在他们把原定上早间大课的时光全用来做爱后，她试探性地对他讲述了以下看法：

"在母系社会，你会听见女人向她们的配偶夸耀：'我用肛门吸纳了他。我让他的阴茎消失得无影无踪。我一下子就把它偷走，藏到我体内深处，直至连他这个人也不存在。'"

当时，达里尔正拿着一张纸巾擦身子，对棕色的污渍皱起眉。他停下动作，哈哈一笑，转而躺倒在她留有精液污渍的蓝色沙发床上，再度皱起眉，认真思考那番观点（他读的是社会政治学）。

"我把他整个吞没，"莫妮卡继续说，无意间，声音变得更响，"我取了他的肉身，用我自己的肉身彻底消释他的。"

"呃……我不确定有人会接受这样的说法。"

"应当接受呀！那是好事。"

达里尔翻了个身，把她压在下面，不偏不倚，然后吻遍她的脸。

"你知道什么更美好吗?"他说,"假如没有母系社会也没有父系社会,人们只说:'爱让我们的身体结合,我们融为一体。'"

"别恶心。"她说。

*

关于街头生活有个老掉牙的说法:街道会跟着你离开。就达里尔而言,实实在在是这样。莫妮卡——她和那些街道的关系仅是住在其范围内——带的行李里只有几幅照片、一株盆栽植物和一张她母亲在肯尼亚机场买的假冒的塞努福人木凳。达里尔带的是利昂,一个第三代爱尔兰移民,家在南基尔本,有轻微的犯罪记录。不是从精神或比喻意义上的带,而是活生生的人——他住在达里尔的大学宿舍里,睡一张充气床垫,每天早上达里尔放掉气,把床垫藏在一个行李箱里,不让清洁女工发现。这一安排匪夷所思,但在莫妮卡看来,最怪的是达里尔不觉得这样做匪夷所思。他和利昂干什么都在一块儿;他们从三岁起就是朋友。上同一间本地的托儿所、同一所小学,后又进入同一所中学。如今,他们将一起上大学。尽管事实上,利昂在普通中等教育证书考试中门门不及格,没念过高中,也没在大学登记注册。

很快莫妮卡意识到,任何与达里尔交往的人,必须也跟利昂交往。这两个朋友一起吃饭,一起喝酒,一起撑船,甚至一起学习——意思是,达里尔去图书馆,利昂坐在紧邻他的位置,双脚搁在桌上,用他的迷你光碟播放机听《保罗的时装店》。莫妮卡唯一独占达里尔的时间是她用自己的肉身消释他的肉身之际,那个过程往往只持续几分钟,接着他们就听到利昂在门口一个劲儿地表演节奏口技——他的

"暗号"。达里尔和莫妮卡遂只能穿上衣服，他们三人换地方：去大学酒吧，去河边嗑药，去小教堂房顶——嗑得更欢。

有一晚，莫妮卡在酒精和药物的壮胆下委婉表示，利昂是在利用她恋人的善良本性，利昂回应她："不过，我可没白吃白住哦。我有尽我他妈的本分，不是吗？"

无人能说他没有。他给全校供应他手头有的大麻、摇头丸和迷幻蘑菇，以及他喜欢称之为的"M4高速路这边最便宜的可卡因"。

*

利昂把几套卡帕运动服轮换着穿。特别冷的日子，再加一件荧光黄的厚夹袄和一顶柔软的坎戈尔袋鼠帽。天热时，下半身不变，上面配一件紧身的背心汗衫，露出结实、精瘦、毫无血色的体格。不管什么天气，他的鞋子永远是一双经典的英国骑士牌球鞋：他从日本买来那双鞋，在还没有因特网时，这样做不是一件易事。他看上去与众不同，却又不显眼突出：他的脸长相平平，看着不让人讨厌，既不英俊也不丑。金色的短发，涂了发胶根根竖起，蓝眼睛，左耳戴了一枚钻石耳钉。他是警方报告里采用的"白人小青年"一词的化身。他可以当着你的面偷走你的车，你却仍无法在嫌疑犯队列中指认出他。不过，才到第一个米迦勒学期末[1]，大家都已经认识了他，都十分喜爱他。有些人能够"跟谁都谈得来"。在一个人人想要崭露头角——希望引起注意、建立个性——的环境下，他的前后一致令人钦佩。他和

---

1. 圣米迦勒节起源于宗教神话，大约为每年的9月29日。在英国和爱尔兰的许多教育机构中，被引申为"秋季学期"来使用。

人讲话的方式从来不变，无论对方是富家千金、合唱团的学生、主修自然科学的北方佬、工人阶级出身的数学天才、两位非洲的王子、以前参加过本土防卫义勇军的大学门房、伦敦北部的犹太知识分子、信奉马克思主义的南美研究生、女牧师还是——当事情最后闹大时——校长本人。他吸引人的地方部分在于他让人看到一种无学业负担的大学生活。招生简介上蒙骗了学生的那种种幻想——年轻人顺水漂流或在高高的草丛间讨论哲学的画面——只有利昂实现了那样的生活。从图书馆装有彩绘玻璃的圆形大厅，莫妮卡会看见他在下面，逍遥自得：躺在后园草地上，对着一头奶牛的脸吞云吐雾，或和一人群新生坐着方头平底船，喝着西班牙香槟。与此同时，她却在撰写和修改她关于十八世纪花园诗的论文。莫妮卡的生活里全是作业。

*

到了晚上，她再度勤奋作业，试图确认女性的敏感点是真的存在，还是七十年代女权主义一个意识形态上的妄想。她能用自己的食指摸到体内深处有一块类似一便士大小的凸起区域，向外对着胃壁。办法是，假如她坐在达里尔身上，用双腿紧紧环住他，他也做同样的动作，他们俩都保持笔直的姿势，一边听骚狐狸弗克茜·布朗的歌，一边有节奏地抽动，那么也许最终能找到问题的答案。可利昂压在她心头。

"在这些花园、这些布局井然的花园内，会有一位隐士。居于小树林中，或在错综复杂的曲径迷宫中央。他确实存在，像一个真正无家可归的人，在某种程度上，他就坐在那儿，逍遥自在，而那栋大宅和花园则都凝聚了辛勤的工作、凝聚了劳力和资本。他起着缓和气氛的作用。我认为利昂本质上好比那位隐士。"

"此刻我实在不想讨论利昂。"

"当这些富家千金跟他搞在一起时，好比哪位夫人从那栋豪华的大宅里出来，宠幸这位隐士。"

"我认为利昂更像欢宴之王。或是学院恶灵。他白得像幽灵！"

"啊——我忽然觉得好热。"

"宝贝，你不知道俺喜欢这香汗吗？你出的汗之多，和胖女人有一比。"

"胖的大女人。讲真的，我要下来——我太热了。"

"我以为我们在寻找你的秘密花园呢？我打算把它详细写下来给南希·弗拉迪[1]看。你这样有辱使命。"

一个玩笑，但她仍记得。

*

莫妮卡把将利昂逮住的事视为当务之急。她并未讲出心中的这个想法，也没向达里尔吐露过，但她这么觉得。她虽然年轻，却暗暗站在法律和秩序的一边。起初，她寄望于清洁女工——"整理床铺的人"——可她们没过几周就看破了其中的花招，而未举报这件事。一日早晨，莫妮卡走进公用的厨房，看到利昂坐在流理台上，端着一杯茶，和两三个清洁女工一起，聊个不停，分抽一根早餐香烟，其乐融融。从来，这些铺床女工向莫妮卡投去的只有沉默和鄙夷。她们多半

---

1. 南希·弗拉迪（Nancy Friday，1937—2017），作家、大众心理学家，1973 年出版的《我的秘密花园》引发了巨大关注和争议。

是一定年纪的爱尔兰妇人，厌恶她们的工作，以及她们服务的这些懒惰、骄纵、通常邋里邋遢的学生。她们不懂，为何凭借通过几门不值钱的考试就能有资格无所事事地过三年，花着纳税人的钱而他妈的好像什么也不干。不过莫妮卡非常坚定地抱持精英主义的观点——这是架起她人生的基本原则。她内心总有几分期盼着身旁的成年人，不管是谁，由衷地赞赏她在各方面的努力。她迫切地想赢得铺床女工对她的好感，表现出与她的阶级同盟情谊，因为她自己的祖母也从事类似整理床铺的工作：她在圣玛丽医院倾倒床上的便盆。莫妮卡尽量不给这些沦为牺牲品的女工添加额外的活或提出多余的要求。但偶有不可避免的情况。夏季学期时，当她房间里那股甜腻、腐败的气味变得无法置之不理时，她怯生生地问为她整理床铺的女工，可否帮忙解开"这股气味"之谜。她会不会和达里尔一样，也认为可能是墙体里某个地方有只死老鼠？

"喂，我看起来像神探可伦坡吗？"

对待利昂则不同。这些铺床女工确信他绝无资格享受这些待遇，正是出于这个原因，她们喜爱他。毕竟，他的成绩不比她们自己孩子的好，可他却身在这儿，他一直住在这黑人兄弟的宿舍——而且没事——单凭这一点就证明这些自命不凡、认为这个世界是他们的天下的小讨厌鬼没什么特别之处。她们送他自己烤的家常美食，给他的感情生活出谋划策：

"瞧，马琳，问题是，她整天出现在我门口。我指的是，达里尔的门口。"

"喔，我听说她是戴安娜王妃的远房妹妹，你敢相信吗？"

"千金小姐总是最风骚的。"

"她们呀，最胡作非为了。我告诉你哟：我们都相信，你可以更有出息，利昂，别乱来。"

"马琳，你是在和我调情吗？"

"哦，你得了吧！"

"你的年纪，能当我的妈了，马琳，你不会不知道吧？"

*

他们在尝试一个新玩法，他射在她的胸口，盘成白色的小螺旋状，然后他得舔去那团东西。多点花样。可她仅有的收获是她喜欢这个主意胜过冰冷的精液在她胸口上的感觉。利昂仍压在她心头。

"你打算拿他怎么办？"

"什么怎么办？"

"迟早，他会被逮住，你们俩都将被开除。"

"有朋友来访是许可的。"

"他已经'来访'了九个月。"

"你不喜欢利昂吗？"

"我不想看到一个白人青年毁了一个黑人青年。那样荒谬绝伦。"

"荒谬绝伦"是她上大学后学会的一个新词。

"'一个黑人青年？''你好，我叫达里尔，很高兴认识你。今天我会舔去你奶子上的精液。'"

"你明白我的意思。"

"莫妮卡，没有利昂，就没有现在的我。"

"哦，天哪，你在讲什么啊！"

他又说了些她听不懂的话。

"他对我有信心。"

*

　　她时常听闻父母把他们年幼的孩子比作纳粹和法西斯独裁者，但依她的经验，正确的类比对象是史塔西[1]，或任何一类秘密警察。他们最大的乐趣是互相告发。有时，她在下班后走进家门，一个孩子朝她飞扑而来，激动的模样远不只是出于爱恋，面露喜色地急着想告诉她另一人闯了祸。接下来发生的事于情于理都说不过去：她不假思索地讲，"别乱嚼舌"，但转眼下一刻就在追问具体详情；然后，面对歇斯底里的声辩，不得不同时谴责闯祸的行为和告发它的举动，并始终假装她是个至高无上的判官，一辈子从未犯过事或告发过犯事的人。可每当她女儿娇小的嘴巴颤抖，流露着因揭发他人所带来的近似怦然心动的喜悦时，她回想起自己的一段往事，她，脸上挂着大同小异的表情，将一封匿名信悄悄塞到校长办公室的门下。

*

　　她这样做了的两天后，利昂不见了。没有人知道是她干的，也没有人怀疑，尤其是达里尔。他紧紧抓着她，把她当作救生圈，浑然不知是她搞沉了这艘船。诚然，她料想到他会因利昂的事而伤心，但结果证明她预料的不足。那打击沉重极了。他不再去上大课，基本什么也不干，拒绝陪她参加任何社交活动，连楼下的酒吧也不去。她开始觉得自己像是电影里那个政府派来的医生，把埃利奥特与外星人分

---

1. 前东德国家安全部。

开。他的生命似乎在消亡——他的整个世界都萎缩了。现在他的世界里只剩下她。做爱、吃饭、抽烟，周而复始。老鼠的气味、大麻的气味、性的气味。将来有一天她会希望自己有那样一瓶气味，可以吸上一大口，提提神：啊，1995年……不过在事情发生时，那状况真是一塌糊涂。他只想时时刻刻黏着她。这样是反常的。假如她提到聚会，他就大发脾气：

"你为什么要和那些人混在一起？"

"那些人是我们的朋友。"

"我们在这儿没有朋友。这些人来自另一个世界。"

"来自我们生活的这个世界。"

"我们活在爱里。"

他们身在爱里，这个说法未免可笑！他们才十九岁！他们有什么打算：两个实质上像是毗邻而居长大的人，就这样泡在爱里念完大学，甚至可能再继续下去？照着某部弗洛伊德出现前的维多利亚时代的小说套路，始终不渝地坚持到底吗？从而错过人生中无数性和心理上的经验？那样是真正疯了！

"那不是真正疯了。我妈和我爸从十五岁起就在一块儿。她生我的时候十七岁。"

"达里尔，你的妈妈是冷冻食品超市的摆货员。"

见鬼，她怎么会讲出那样的话！

*

他们分手后的几个月里，她展开工作，收集性和心理上的经验。有一阵子，她把一个来自孟买、名叫邦尼的富家千金当作缪斯，但这段关系不那么友爱：一股浓重的无意识的厌女色彩贯穿其中，也许是一种文化遗留吧，但在莫妮卡身上格外显著。有一晚，她自己也吃了一惊，为换个更好的角度观察邦尼，她低头看自己赤裸的身体，当下邦尼正用她的牙齿咬着莫妮卡的卫生棉条的线，把那根棉条取出来，莫妮卡心中暗想：哦，你把它取出来了。把它取出来吧，你这个小婊子。她对自己感到厌恶，因此提出分手，怀着年轻人崇高的期许，盼望有一天性与道德可以完美地结合在一起。结束那段关系后不久，她开始花许多时间流连于大学酒吧，招蜂引蝶，试图在酒后挑起复杂的话头，与自投罗网的人探讨文化理论，谁与她观点一致就立刻提出异议，以此"取胜"，犹如象棋里不走在与车一条直线范围内的马一样。

*

五个月后的一天晚上，她见到利昂。那是大学舞会的前一晚，那场舞会注定是乏善可陈的一类狂欢聚会，排场盛大，风云人物是来自伦敦、出场费不菲的丛林音乐打碟师，大部分由利昂找来，掏钱的是每个铺床女工最喜欢的傻瓜：了不起的英国纳税人。她有点为见到一个老朋友而高兴：那一整天，在见到他之前，她过得漫长而不自在。当日早晨，她从邦尼的床上起来，宿醉得厉害——前一晚，与酒后、最后留在酒吧的人进行了一番不堪回首的云雨；接着，上完课后，她去敲达里尔的门，想看看他们可否"有办法做朋友"，但她心里清楚，即便她嘴上这么说，这并不是她去找他的理由。他抽了大麻，神志恍惚：反抗无效。他和以前一样，在她玩弄他的乳头时发出咯咯的笑声，但完事后，他变得冷若冰霜。他走到他的书桌旁，一丝不挂地坐下，翻开一本课本。起先她以为是在开玩笑——可不是。当她问到她可否待一会儿时，他说："随你的便。"她穿好衣服，自己走了出去，没说再见，也没听见有人跟她说再见。那时是五点钟。之后的时光，她一直在酒吧，喝着伏特加配酸橙，每一杯都有纳税人的补贴在里面，所以只需一英镑二十便士。迄今，她已灌下六杯。起身时她有一点踉跄，透过装了直棂的窗户向外张望。那个人肯定是利昂。眼下，一小队建筑工人正在四方院子的中央搭建锥形舞台，他就站在那升高的台子旁。她凝视一个巨大的扬声器像一座斯大林的雕像般被垂直吊起。这想必是利昂早在一月时说服舞会筹备委员会弄来的昂贵音响系统，当时利昂仍能够参加舞会筹备委员会的会议。如今，这个浪子回来了。来见证他创建的丰碑。也来贩卖摇头丸。

*

　　他走进酒吧，在她的卡座里坐下，他的表情十分严肃。她感到被人评头论足，在这个世上她最不喜欢的就是这种感觉。他知道吗？他以前不知怎的看出来了吗？天哪，是因为冷冻食品超市的事吗？

　　"伙计，他爱你。你就这样离他而去，完全不当一回事。你知道吗，你深深伤了他的心？他真他妈被毁了！那个，可是我的兄弟啊！"

　　她愣住了。从小到大，她对自己讲过许多种种有关自己的故事，不管哪一种，里面从未出现过这样的叙述，说她有能力以任何方式伤害谁。这番话如此耸人听闻，让她心理上万般接受不了，于是她当即向利昂买了点可卡因，服下，又喝了许多超过她酒量的酒，像个疯子似的卖弄风骚。很快她就跟利昂走出酒吧，手牵着手，来到暖和的户外。

　　"我们干什么呢？"

"重新接纳夜生活。你总把夜生活挂在嘴边讲个不停。女权主义。现在让我们付诸行动。"

"我讲的夜生活不是那个意思。"

"跟我来。"

"达里尔怎么办？"

他竖起眉毛，表示惊讶。他在一条眉毛上新穿了个孔，那条眉毛如一道细细的黑杠，呈倾斜状，好像莫妮卡在小说页边空白处所划的线，紧挨着"潜在含义"一词。

"没有姑娘能拆散我们，你不用担心。"

他抓着她的手，走到草坪上。一般来说，无论学生或非学生，都不准这么做，但今晚，他们混在全体戴着头盔、穿着橘色安全背心的人中间，没被人看到。他们从巨大的油布上的一个洞眼里爬过去，来到舞台侧面。陷进淤泥里。她发现自己简直发狂似的想得到他。

"冷静，冷静。莫妮卡，你不会想在我身上搞点什么吧？我可不来那一套。"

"什么？"

接着她记起来了。但事情并非他想的那样：有一次，在从理论角度讨论埃莱娜·西克苏时，他们假设性地谈到带假阳具的内裤。可她并不想要插入哪个男人的身体，她想要的是吸纳他们。她感到委屈，受了可气的冤枉。此外，这番话也证实了她长久以来的猜测：达里尔把什么事都一五一十地告诉利昂。

"别，打死我也不干。到这边来。"

从上面传来工人干活的声音，敲锤子、钉钉子，为财大气粗的富豪创造剩余价值，底下，两个无政府主义者，上身赤裸，借阴森森隆起的油布做掩护，试图在院子中间合欢。莫妮卡能感觉到一丁点冰冷的可卡因从她的鼻腔流过她的喉咙，并有感于这整件事更适合为人乐道而不是实际体验。哪里都不对，每一下碰触均发生在错误的部位或错误的时机——她渴望达里尔。她渴望这个世上所有的人，也渴望那个唯一能把她从这一切渴望中解救出来的人。她试图分析这状况。问题出在哪里？不是他的脸或身体，也不是他的性别、阶级或种族。是能量的流动。难以置信。她才刚满二十岁，却已不期然地发现了自文化理论诞生之始大家一直在寻觅的答案——是的，这个答案将由莫妮卡来揭晓。有时那股气流就是……不对劲。有的人，你想在他们面前低声下气，有的人，你想让他们对你低声下气；有的人，你想在水平的比赛场地遇见他们——为了资本主义的利益和方便起见，这种相识称作"爱"——有的人，你真不知道该拿他们怎么办。利昂原来属于后一类。她跟他合不来。他是剩余价值。他代表了某人的财富，但这个人不是她。

利昂停下他正试图要做的事，从她身上翻下来，指指他袖子上的卡帕商标，叹了口气。

"阴，阳。男，女。"

"你说什么？"

"我的奶奶说这个像跳舞。不能两人都是领舞的。"

她爬回她的宿舍。她做了一个梦。她站在一座宫殿里，置身于一个气派的十八世纪花园内。园里有经过修剪的树篱和狭长的花坛，还有纵横交错的小径、喷泉和雕像。那儿也许住着一位隐士，但她没看见他。花园正中有一个特大的游泳池。里面挤满了许多不同种族的年轻男子，英俊美貌，眼睛的颜色和头发的质地各异，但身材全都无可挑剔。他们在水里欢蹦乱跳，像海豚似的一起一落，同时在四个角上，有四块跳板，他们中的几个以令人惊叹的空翻从板上跳入水中。

就在欣赏这些杂技动作之际，她注意到，他们完美的身材里都有一个反常之处：每人的腹股沟上都蒙着一层亮闪闪、半透明的皮肤，将那裆袋里的东西，不管什么，包住并掩盖起来，和巴瑞辛尼科夫的白色紧身裤如出一辙[1]。在梦里，她把手伸进一个应当属于她的口袋，摸到有把小折叠刀，当即明白这是她的工具：非把每个裆袋割开不可。

*

这个梦足以得到南希·弗拉迪本人的肯定。她为何吓得惊醒过来？确切来讲，不是因为这个梦变态，而是因为她知道她将永远忘不了这个梦，以及进一步来看，也忘不了导致她做这个梦的经历。她想要忘记。在莫妮卡所属的精英阶层，不保留回忆至关重要：回忆仅是把你与一段你已准备抛弃的过去捆在一起。她决不有意识地努力记住任何事。在梦里，情况不同。梦是你的头脑在未经你的准许下造的房子，恰恰是为了永恒不朽地保存记忆、经历和难以捉摸的冲动，甚至那些熄灭的、只带给你痛苦的冲动，那些你最想摆脱的冲动。当她在各方面都长大后，有时她非常好奇，她的女儿会不会也做这样的梦，或心理上的扭曲和自我惊异是不是已彻底不复存在，犹如迷你光碟播放机一样过了时，或像阑尾般进化成了多余之物。那类梦，在过去，假如复述给大学里的任何人听——就算是和你很熟、声称爱你的人——他们恐怕也只会讪笑一下，说些像是"呼叫弗洛伊德医生！"的话。她没对任何人讲过。

<hr>

1. 米凯亚·巴瑞辛尼科夫（Mikhail Baryshnikov, 1948—　），俄罗斯芭蕾舞艺术家。

有可能吗？她在十二个小时里和三个人上了床？我们让青春的身体经受的考验呀！因为记忆不可能超前，所以她必须等上很长、很长时间才发现这种极端情况隐约暗示了未来：给一个孩子哺乳，接着几个小时后，躺在另一个孩子身旁直至其睡着；然后在第三个房间里醒来——上述一切发生在一晚之内——向后紧紧贴着心爱的人，用自己的肉身消释他的，反之亦然。

/

懒人河

　　我们沉入水中，我们大家。你、我、孩子、我们的朋友、他们的孩子、其他所有人。有时，我们从水里出来：吃午饭、看书或晒日光浴，时间总不是很长。接着我们又都爬回那个具有象征意义的池子里。懒人河是一个圆环，湿淋淋的，内有一股人造水流。即使你一动不动，也能去到某个地方，然后不管从哪儿开始，又再回到起点。要论一个隐喻的深度，噢，那么，懒人河这个隐喻大概深三英尺，但有一小段地方隆起至六尺四寸。孩子们到这儿时发出尖叫——紧贴着池壁或抓着身旁最近的大人——直至水位降回三英尺。我们转了一圈又一圈。人生尽在其中，流动。流动！

　　反应各异。我们中的大部分人顺水漂流，偶尔游几下，或走一走，或踩踩水。许多人使用某种漂浮设备——橡胶圈、浮力管、筏子——深谋远虑地将这些用具置于胳膊下、脖子下或屁股下，如此一来，本已几乎无需费力的活动变得更加轻松自如。人生是奋斗！可我们在度假，把人生和奋斗都抛开。我们在"随波逐流"。踏进懒人河后，我们必须得有一件漂浮设备，尽管理智上，我们知道那股人造水流提供足够的浮力，但我们仍想要一件。名牌浮具、体积过大的浮具、形状滑稽的浮具。这些浮具是新玩意儿，是奢侈品：它们填补时间。要等我们完成许多革命性的巨变后，它们的魅力才减退——对少数幸运儿，它们的魅力将永存。对我们余下的人，总有一刻我们会发现救生员的话是对的：这些设备太大；用起来不方便，累赘。明摆着的事实是，我们个个被懒人河裹挟着，以相同的速度，同在西班牙酷热的阳光下，永不停息，直至不被它裹挟为止。

有些人把这条举世漂流的原则发挥到极致。他们装死——头朝下，四肢耷拉着，什么力气也不用——通过这种方式发现连尸体也会转圈。少数几人——身上没那么多刺青，多半受过大学教育——决心反其道而行，故意逆着水流使劲划水，不求前进，只要能在原地不动，哪怕是片刻也行，同时，其他人从旁漂过。这么做是故作姿态：坚持不了很久。我听见一名头发理成时髦样式的男子说，他可以反着游完全程。我听见他追求特立独行的妻子问他敢不敢实际游一圈。他们没有小孩，有时间玩这类游戏。可当他转身、准备尝试时，顷刻就被卷走了。

*

懒人河是一个隐喻，却也是个实际存在的人工水池，在一家全包型酒店，位于西班牙南部一个名叫阿尔梅里亚的地方。除了购买漂浮设备以外，我们不离开酒店。计划的是以其人之道，还治其人之身。从事的活动如下：尽情喝酒，喝到相当于把房费赚回来。（只有我们中最俗不可耐的人才把这个打算讲出口，但其实我们都是这么想的。）在这间酒店，我们统统是英国人，我们是一个整体，我们不感到害臊。我们乐于互相做伴。这儿没有法国人或德国人看我们吃自助餐，我们不要西班牙什锦饭和剑鱼，钟爱香肠和炸薯条，当我们靠在躺椅上，话题从文学概念转向实际的数独游戏时，也没有谁对我们评头论足。我们中有一员，一位上了年纪的男士，两条小腿上各有一幅艾米·怀恩豪斯[1]的肖像，我们不去议论他，一句也没有，我们有何资格？在我们当中，具备艾米这般才华的圣人，剩下的已不多；我们珍惜她。她是极少数把我们的痛苦表达出来，却不嘲弄或贬低这种痛苦的人之一。因此相宜的，到了晚上，在我们从懒人河里上来的短暂时光内，我们会去卡拉OK，高唱她知名的悲伤情歌——放开嗓门，人已喝得醉醺醺——心中安然知晓，以后，很久以后，当这一切过去时，将有人在我们的葬礼上演唱同样这几句心爱的歌词。

不过卡拉OK是昨晚的事；今晚我们迎来一位魔术师。他从各种意想不到的地方变出兔子。我们上床睡觉，梦见兔子，醒来，重回懒人河。你是否已听见生命的轮回？正是如此。我们转了一圈又一圈。不，我们未参观过摩尔人的遗迹。我们也不准备到那些光秃秃、寸草不生的山里去。我们中没有一人读过最近那本就以此地、阿尔梅里亚为背景的小说，我们也无意一读。我们不会遭人议论。懒人河是一个零裁判区。但这样并不表示我们瞎了眼。我们亦看到塑料大棚——在从机场坐长途客车来这儿的途中，——我们看到在那儿干活的非洲人，单独或成双，顶着无情的烈日、骑着自行车，穿梭于这些塑料大棚之间。我把头贴在震动的窗玻璃上，注视着他们，如"燃烧的荆棘"[2]那个神话一般，我看到的不是那些非洲人，而是一幕幻景。眼中出现的是一小篮樱桃番茄，用塑料膜包着，就飘浮在我的窗外。在这

---

1. 艾米·怀恩豪斯（Amy Winehouse，1983—2011），英国女歌手。
2.《圣经·旧约·出埃及记》里，上帝通过燃烧的荆棘向摩西显灵。

个近似沙漠的地方，周围是摩尔人的遗迹。熟悉的外观，使这篮番茄对我而言，真实得跟我自己的手一样。我看到那篮子上头有个条形码，就在那条形码上方印着"产地西班牙—阿尔梅里亚"的字样。这幅画面过去了。那一刻，我们在度假，这画面于我、于谁均无用。我们是谁呀——你们是谁呀——他们是谁呀，凭什么来问我们——无论谁发出这第一——

*

固然，身为英国人，我们无法在西班牙的地图上指出懒人河的位置，但确实，我们也不需要这么做，如上面提到的，我们只在去买漂浮设备时才上岸。另一个事实是，我们中的大多数人投票赞成英国脱欧，因此不大能搞得清，来年夏天，我们是否需要麻烦地申请签证才能进入懒人河。这个是我们明年夏天要担心的事。我们中有少数几个来自伦敦的家伙，受过大学教育，喜爱隐喻、希望留在欧盟、好逆流泅水。这群引人注目的少数派只要一不在懒人河里，就告诫他们的孩子不要没完没了地吃薯条，并往身上涂防晒系数尽可能高的防晒霜。即便在水里时，他们也喜欢保持一定的独立性。他们不跳玛卡瑞娜舞，不参加尊巴课。有些人说他们无趣，其他人说他们害怕出丑。不过，讲句公道话，在水里跳舞不是易事。无论吃完饭——健康饮食——还是买完（无品牌的）漂浮设备后，他们会跟其余人一样，重返隐喻，重新回到这个乌洛波洛斯[1]水环里，它不像赫拉克利特[2]讲的

---

1. 北欧神话中围住世界的巨蛇，用嘴咬住自己的尾巴，象征"永远""无限"等意味。
2. 赫拉克利特（Herakleitus，约公元前544—前483），古希腊哲学家。

那条河，不管你碰巧在哪儿踏进这个水环，永远都一样。

*

昨天，懒人河一片绿色。没有人知道原因。众说纷纭。每种说法都涉及尿。这种颜色是因为里面有尿，或是为掩盖尿味而加入的化学药品的颜色，或是尿和氯或某种别的未知的化学制剂所产生的反应。我相信这事和尿有关。我自己就在那里面小过便。但让我们觉得如此心烦的并不是尿。哦，这片绿色所带来的不幸后果是以一种非常煞风景的方式迫使人集中注意到懒人河在本质上是人造的。忽然间，原来看似自然而然的事——慢悠悠地在一个无休止的圆环中漂流，同时听着今夏的热门歌曲，那首歌恰巧名叫"慢悠悠"——似乎非但不自然，而且离奇得很。不大似一个抛开人生的假期，倒更像是某种可怕的对人生的隐喻。这种感觉不仅限于当时在场的少数几位隐喻爱好者。大家都这么觉得。假如一定要我打个比方，我会说，它就像亚当和夏娃看着自己、第一次意识到他们在别人眼里是赤身裸体时心中所产生的那种羞愧。

*

人生的出路是什么？怎么样可以过得"好"？在我们的躺椅对面有两个胸部丰满的少女，一对姐妹。她们每天一大早就来，成功抢到一张面向大海的白色、有四根帷柱的床。这类床凤毛麟角，我们其余人用的是普通的塑料躺椅。这对姐妹一个十八岁，一个十九岁。她们占的那张户外床四面挂着白色的薄纱帘子，给躺在床上的人遮挡太

028

阳。但这对姐妹拉开帘子，变出一个舞台来，她们躺着，想晒出完美的小麦色，时不时整理她们的比基尼泳裤，检查进度，棕色的肚子和苍白的腹股沟之间有道细细的分界线。她们面无表情地审视她们剃了毛的耻冢，然后重新躺在这张日间的睡床上。我之所以提起她们，是因为在懒人河这样的环境下，她们显得异常活跃。她们待在岸上的时间比谁都多，大部分时候在用她们的手机互相拍照。对这对姐妹而言，照相这件事好比是一种工作形式，把每天的时光填得满满的，正如懒人河填满我们的时光一样。拍照相当于以与时间同步的方式记录人生。"我们既踏进又没踏进同一条河。我们既是又不是。"赫拉克利特如是说，这对姐妹也这么表示，她们进出于镜头的画面，捕捉事物的流动，将自己定格在一瞬间：她们如斯，她们又不如斯。我个人被她们的勤勉所打动。没有人给她们的劳动支付报酬，但她们并未因此而泄气。她们和真正拍摄专业照片时的摄影助理一样，先准备场地，把它打扫干净，布置装饰，讨论打光的角度，如有必要，她们甚至还会挪动那张床，以免任何不雅之物入镜，像是乱扔的垃圾、老叶子、老人。准备场地需要花些时间。由于她们的手机拍出的图像清晰度之高，所以连数米开外的一张糖果包装纸也得清走。接着，她们收集道具：粉红花瓣、插着上镜的雨伞的昂贵鸡尾酒、冰激凌（只用来拍照而不是吃的），有一回，还有一本书，只在拍照时拿着——但恐怕只有我注意到这点——而且拿倒了。在做准备期间，她们每人戴着一副令人心碎的纯黑墨镜。两人中一旦谁准备好摆姿势，便把她的墨镜递给她的姐妹。简单来说，她们使扮年轻变得像艰巨的工作，但青春的外貌不是一向都要用辛勤的付出来换取的吗，只是体现出的困难之处不同？至少，她们在把她们的人生当成一项事业，一项重大的、可以任人点赞或发表评论的事业。我们在干什么？漂流吗？

*

出酒店后门走三分钟是木栈道，晚上，遇到天黑后懒人河需要养护、清洁和消毒的那几个小时，我们没事干的话可以去那儿，搞点不愠不火的娱乐消遣。当然，其中一项消遣活动是大海。不过一旦踏进过懒人河，体验过它各种柔韧自如的特性、里面液氯消毒液的气味和湍急却可驾驭的水流后，人们很难受得了海：海水富含盐分，有海洋生物在里头，还有那些像小岛屿般的变形塑料品。更别提严重的过度捕捞、日渐变暖的水温，以及无边无际的地平线，令人想到死亡。我们避开海，转而走在木栈道上，途经两名给人编辫子的女士，又继续向前走了几分钟，来到玩蹦床的地方。这段路程是我们自度假以来走过的最长距离。我们这么做是"为了孩子"。紧接着我们给我们的孩子绑好保护带，看他们在这处具有隐喻意义的地方上下弹跳，一上一下，一上一下，我们则坐在一道低矮的围墙上，面朝他们与大海，腿悬荡着，一边啜饮旅行杯里从酒店带出来的伏特加酒，一边寻思，到头来，蹦床是不是一个比懒人河更佳的比喻。人生肯定是一个类似一起一伏、一起一伏的事件，不过对小孩子来说，下落似乎是意外——近似一种乐趣，如此出其不意，简直难以置信——可对坐在围墙上、抱着旅行杯的我们来说，显得有点荒谬、不可思议的是升起；升起让我们觉得像是片刻狡猾的偏离，比血月更为罕见。说到这个，那晚正好有血月。别看着我：在所有我认识的地方里，西班牙南部对现实的隐喻成分最高。在那儿，一切均另有所指。我们全抬头望着血月——二〇一七年那轮自欺的月亮——那一刻，我们中的男男女女都明白，在这样一个年头里，不可能存在休假的时光。但话说回来，那月亮很美。它让我们弹跳的孩子沐浴在它的红光下，让大海着起火。

＊

后来时间到了。孩子们大怒，他们尚不明白时间到了的意思，在我们为他们解开保护带时，对我们又踢又抓。但我们没有停手，我们没有认输；不，我们搂紧他们，包容他们的愤怒，把他们的愤怒统统吸收进我们体内，如同我们包容他们每次胡闹乱发脾气一样，以此替换真正的愤慨。当然他们尚不了解这种愤慨，因为我们还未告诉他们，因为我们在休假——这是我们到一间有懒人河的酒店来的目的。讲真的，并不存在合适的时机。总有一天，他们会翻开报纸或打开网页，亲眼读到那一年——根据预测，大概是二〇五〇年——时间用完了。在他们的岁数不会超过现在的我们的某一年。并非一切都循环往复。有些东西升起然后……

回酒店途中，我们顺道光顾了编辫子的那两位女士，一位来自塞内加尔，另一位来自冈比亚。有红成这般的月亮当空，投下犹如电影片场所打的光，我们可以从我们当前的位置瞥见对面她们故乡大陆的海岸，但她们横渡的不是这之间的海，因为这条海路比利比亚和兰佩杜萨岛之间的那条更加危险，她们走的是后一条。单看她们的外表便可知道，她们都属于那类能在懒人河里反着游完一整圈的人。事实上，她们不已经这样做了吗？她们一个叫玛利亚图，另一个叫辛西娅。花十欧元，可以让她们编甘蔗垄辫、塞内加尔扭辫或高出隆起的荷兰辫。我们这队人中有三个想弄头发；两位女士动起手来。塑料大棚里的那些男人。超市里的那些番茄。天空中的月亮。即将脱离欧洲的英国人。我们在"逃逸"中。我们依旧相信逃逸。"在西班牙难啊，"玛利亚图说，回答我们提出的问题，"可难了。""想要过得好？"辛西娅补充道，一边拽拉我们女儿的头发，一边叫苦，"不容易啊。"

*

到我们抵达酒店大门之际，天全黑了。一对同卵双胞胎，里科和罗科，二十几岁，一头油亮的黑色鬈发，穿着紧身白牛仔裤——贴身的口袋里塞着一模一样的苹果手机——刚结束他们的表演，正在收拾他们的手提音响。"我们是西班牙 X 音素选秀的亚军，"他们说，回答我们提出的问题，"我们生在突尼斯，但如今我们是西班牙人。"我们祝他们好运，并道了晚安，然后将我们孩子的视线从那快被苹果手机撑爆的地方引开。多年来，我们决定不让他们知晓有这样一种东西，或至少等他们满十二岁时再说。在电梯口，我们与我们的朋友及他们的孩子分别，上楼至我们的房间，那个和他们的房间、和每个人的房间一样的房间。安顿好孩子们上床睡觉后，我们拿着我们的手提电脑和手机坐在阳台上，查阅他的推特，这是自一月以来，我们每晚必做的事。放眼四处，别的阳台上，我们看见别的男女，在他们的躺椅上，用他们的设备，从事大同小异的例行活动。底下，懒人河流动着，泛着荧光蓝色，一种狂热的蓝色，脸书那样的蓝色。河里站着一位穿戴齐整的男子，手里拿着一根长拖把——另一名男子抓着他的腰，扶住他，这样一来，第一名男子可以将他的拖把斜过来，让自己抵住强大却具有催眠作用的水流，清扫种种我们在池边留下的自身的浮渣。

/

言语和音乐

　　昨晚去了先锋爵士吧，查看我另一面的人生。她被安排坐在一张高脚凳上，用拟声法演唱，但这种拟声唱法完全不同于我以前听过的：她把声音内翻、外翻、倒过来。她唱的不是啦啦哆啦贝啦，而近似于啊啊哦啊欤啊——犹如哀号。事实上，有时听起来她唱的仿佛就是那个词，哀号号号号，一遍又一遍。也许果真如此。她用西班牙语唱，她用英语唱，她使我们大笑，她让我们落泪，真是荒唐！在场的人，除了我以外，个个年过五十，长得均有几分像盎格鲁 - 萨克逊人，但她未因那一点而打退堂鼓。她令我想到我为什么当不了歌手。同理，无神论者在做礼拜时喃喃低语。弹钢琴的是费雷德·赫希——他拄着拐杖上台，又拄着拐杖下台。我挪动我的座椅，让他可以走过去。真希望音乐对我有那般重要的意义。那些把音乐看得如此之重的人是幸福的。

＊

　　上城，在第 123 街，马库斯·加维公园附近，一位温迪·英格里希小姐屈身坐到斯托克利坐过的那张椅子上。它不是赝品，不是形如那张椅子，它确实就是那张该死的椅子，无论各大博物馆认不认可都是。此处是她妹妹的家。她的妹妹曾是一名黑豹党成员，也就是说，很多时候，落在她身上的工作是为热衷高谈阔论而瞧不起实务细节的男人整理打点东西。诚然，四十年后，在坎迪丝孤苦伶仃、临终之际，他们中无一人来探望。但这个故事的寓意含混不明，因为虽然照理说温迪是那个好女孩，从不武装自己，只和平抗议，虽然她结婚，搬去波士顿，有三个孩子，他们全都上了四年制的大学，但在这个特别的夜晚，她和过去的坎迪丝·英格里希一样，形单影只。没有成年男子远道而来。你明白，他们不是死了——他们只是有别的事。新添的小孩，新到的国家，等等。离婚、离婚、突然失踪、财产纠纷，按那个顺序来。上述最后一项，财产纠纷，必定是最末了的。他殷切地渴望结婚，他穿着华达呢长裤、单膝下跪（他次次如此），每当那一刻，温迪与这位七十二岁的登徒子四目相对时，她在他放光的黑色瞳孔中央看见她去世的妹妹的褐砂石寓所。温迪小姐本人七十七岁，不会上当。她刚结束前一段恋情，从图书馆退休后有一笔不错的退休金，她搬回纽约，把一间她自一九九〇年以来不曾踏进过的屋子据为己有。她坐在坎迪丝意外得来的这个金矿上，把收到的小明信片撕碎，每个礼拜总有几张，上面写明这间屋子值多少钱、想卖掉的话多么容易。她相信那是真的。

　　坎迪丝这间屋子有很多地方令温迪吃惊。比如，它不像一个疯女人的家。一切收拾得井井有条。多年来，即便在已无法与她妹妹进行理性的交流后，温迪依然坚持给她寄自己孩子的照片，她发现，这些照片全都整齐地捆成一叠——连同它们附带而未收到答复的信——用结实的橡皮筋扎着，整齐地叠好，放在一组文件盒里。"别再给我寄你那些没用的东西——我直接丢进垃圾桶，事后还得倒垃圾。"但实际不是这样。她留着这些照片，每一张，细心周到。许多事原来和表面的不太一样。疯疯癫癫也许是阻止人上门的一个好办法。事实证明，在纽约市这个地方，发疯可能不像孤单落寞或无全职工作那么丢脸。曾几何时，坎迪丝身处飓风中心。没错，至少有十年，她是一场了不起的风暴的风眼，后来忽然间，那场风暴转移了，放弃了初衷，资金用罄，气数完结，那情形谅必令人心痛，坎迪丝发现只剩她自己，从这扇漂亮的观景窗向外眺望，望着对面的公园，连一丝吹动银杏叶的微风也没有。反之，由于相较而言，温迪的人生远无那么精彩，所以她对静止和沉默——沉默的韵味——更熟悉得多。时常，她在她妹妹那张斯托克利的椅子上精确地坐上四分三十三秒，播放她的约翰·凯奇之作。她听见鸟儿，听见垃圾车，听见"喂，臭娘们儿，赶紧准备好还我的钱！"。整座城市的交响乐。她从中听出很多东西。

另一个教人惊讶的地方：坎迪丝收藏的唱片。作为姐妹，她们在很多问题上意见不一，她们性情迥异，虽然都赞同自由，但对如何获得自由或一旦有了自由后会怎么样，各执己见——不过音乐是她们的共同爱好。记忆中最姐妹情深的画面：在一次家庭烧烤聚会上，手拉着手，跟着布特西的《我宁愿和你在一起》跳舞、摇摆，那时，第二号男人还没消失，孩子们还没长大，没开始害怕坎迪丝姨妈和她喜欢打电话来、对着话筒念报上可怕的新闻的习惯。那时，她们仍才四十几岁，是两位娇小玲珑的女士，都编着长发绺，她们的头脑虽不在一处，但发型时常一致。后来，她们变成不起眼的老家伙，原本光彩照人的秀发全花白了，像毛絮一般，只有温迪明智地把头发剪短。她们想起她们的母亲，她有先见之明，让自己越来越膀大腰圆、专横跋扈，与年纪相符。她们为继承了她们父亲的加勒比海基因而抱憾，有这种基因的人往往长得精瘦，害温迪至少有十年总在跟人说"来，请坐我这边"。

请拍我的马屁。不用坐你的位置——我有我自己的。也请别靠近这张椅子，它是传家宝，一段活的历史，不然就是我的疯妹妹在哪户人家出售旧货时买来的三十块钱的仿冒品。没关系。死亡将一切化为宝，每样东西被固定就位，让人可以给它镀上金。贝多芬！坎迪丝生前只字未向温迪提过贝多芬，可事实全摆在面前，假如温迪知道那一点，哎，这个也许可以成为她们的共同话题。此刻，她放上《第七交响曲》，小快板乐章，想象另一幅美妙的场景：两位看上去雍容华贵的老太太，早已摆脱无用的男人，一路朝林肯中心走去，去听这组乐曲，这支贯穿历史的进行曲，在复调里听出她们两人不同的生命旅程，她们的高峰与低谷。噢，那样的话可不得了，真的不得了，但事情不是那样，不是，也不可能是，因为美国这狗娘养的东西，把每个真正关心她的人逼成疯子。

*

迈伦的王国从布利克街的一头延伸至另一头。他整日在这一带晃悠，流连至深夜，没有人知道他在哪儿睡觉，固然最简单的方法是直接问他，但答案未知。他的克星是路缘。这座城市里的有些路缘高得离谱，上半身如他那般强壮的人，有时也无法将轮椅弄上这样的路缘——尤其是若他的塑料袋里装满东西、挂在把手上的话——因此他就地等候，待有人出现在他身后推一把。事到如今，这一推融入在城市的舞蹈中，我们个个做起来驾轻就熟。前一个走了，后一个接上，迈伦甚至不转过来看看推他的人是谁——他凭我们讲话的声音就认出我们。接着，一把他弄上路缘，下个问题就是他想不想要人陪他走一两个街区。他通常说要。虽是一个没有腿的人，他却大谈跳舞的事。回到从前他对迪斯科着迷的日子。时下喜欢迪斯科的人寥寥无几，但迈伦把迪斯科讲得像是众神的音乐。我们对他说，你确信自己不只是因为那时你的腿还在，所以你对迪斯科一往情深吗？他觉得我们一派胡言、滑稽可笑。他说，你们不明白，迪斯科的意义在于，它是美国唯一真正把黑人和白人集结到同一个房间里，然后让他们彻夜跳舞的音乐，因为那些该死的歌可以一直放下去！它们就这样互相碰撞！它们像足了生命力！我们不同意，但我们附和地笑笑。接着，他变得严肃起来，他说，哎，那个时代的美国比现在的好，妈的，毫无疑问。我们存疑。尼克松呢？伊朗人质危机呢？吉姆·琼斯呢？西贡沦陷呢？不过，也许他是对的。

*

在大多数暖和的晚上，华盛顿广场拱门下有场欢快的嘻哈轮唱，大约从十人开始。我喜欢这个轮唱，因为它跟我一样，不正宗。在这个世上，大概没有比两个黑哥们、两个波多黎各人和一个白人女孩在格林威治村的星空下唱饶舌更不真实的事，可他们就在那儿，你可以拍拍他们，他们不是全息照片。根据我的经验，一个人对一样越不属于自己的东西，会越努力地去追求得到它，这五个人个个奋发进取。从未见谁为一个韵脚这么煞费苦心。

*

三张长椅开外坐着亚伯拉罕·林肯。同样的胡子，同样的脸，他搞了一套成功有效的衣服。确切来讲，这套衣服不是专门扮装用的，但总体给人的印象，假如林肯今天在世，在麦克杜格尔街、汤普森街和这个公园之间混日子的话，他大致会穿成这样。我猜这个人精神有问题，但他庄重体面得很，不自言自语，也不跟人讲话。他只昂首阔步地走来走去，扮演他的林肯。冬天，他竭力死撑，但到十二月，人们开始看见他戴上毛线帽，穿着一件宽大的双排扣粗呢短外套和里昂比恩牌的雪地靴，我不得不说，那样少了几分林肯的风采。我真心同情那时的他。不仅因为天冷，而且因为这天气剥夺了他真实的自我，那情形叫人不忍直视。冬天大部分时候，他看上去意志消沉、抬不起头，犹如一个人被迫活在一具他不认可的躯壳里。不过，他给人的印象是身上并无高科技设备，或甚至他都不知道有这些东西的存在，所以至少他不必因发现若用谷歌搜索他的名字，跳出来的第一条结果是"亚伯拉罕·林肯有什么格外重要的成就"而蒙羞。那感觉像是听到七百万名四年级生同时把额头撞向课桌。接着天气解冻了。黄水仙绽放，老鼠更活跃地出没，但真正宣告春天到来的是我们这位总统的现身，重新在本地巡视，戴着他的大礼帽，穿着他的轻便大衣，颈前那抹闪亮的黑绸缎让整个人物形象呼之欲出。他在春天时不讲话，和在冬天时一样，但我有一次亲耳听见他唱歌。我正坐在樱花树下，他从旁边走过，他的声音很小，不易听到，但假如正好合上频率，哇，那歌声真是天籁之音：

> 迈克尔，将船划靠岸，哈利路亚。
> 迈克尔，将船划靠岸，哈利路亚。
> 迈克尔的船是音乐船，哈利路亚。

大约两个小时后，我看见他坐在温迪汉堡店外吃着一个温迪汉堡。魔力未破。现在，那个不戴耳机、自吟自唱的他，让我觉得尤为珍贵，仿佛听到一种早以为灭绝了的鸟儿的歌唱。

*

夏末，戴夫在中央公园演出。有史以来，玩吉他的男人总是以某个特定的姿势拿着他们的乐器，把它当作阳具似的指向你们，他们站在任何舞台的中心，像插在教堂尖塔上的避雷针一般，把所有能量吸收到他们身上。他一点不是那样。整场演出下来，大部分时候我们不知道他人在哪里，真的：他不停地躲在别人后面、别的乐器后面。他把他的长发绺盘成一个髻，穿着某条腰线很高、鲑鱼红色的长裤。同时，观众里云集了大纽约地区各类想象得到的真实的自我。我们都知道一场大风暴即将来临。靠着科学技术，我们可以异常精确地预测这场风暴，所以虽然时下天气炎热，但大家都明确知道，十点的钟声一响，天会下雨。我们感受到这股令人敬畏的知情的力量，我们因它而忘乎所以，可同时，我相信我们也为预言家、巫师和圣愚感到难过，以前他们常设法以天色来预卜这些事。为了尊重这份矛盾的心情，我们不再期待一场演出，开始领悟到我们参加的是一场降神会。音乐把我们包围。天气像傍晚时分一样又热又闷。技术带来的神奇反转：不是戴夫的重复演唱通过我们的耳机传送至我们每个人的卧室，此刻，是他把我们传送到他狭小的空间里，一个他用眼前这座公园变出的奇特、类似卧室的地方。我们一起置身其中。我们怀着无用、超验的想法，像是：这一面，也是美国！我们如痴如醉。可是我一边听，一边回想起一段话，出自 P. F. 斯特劳森所著的《个体：论描述性的形而上学》。在那段话里，他探讨一个没有形骸、只有声音的纯听觉世界，我能顺着他的思路走，直至纳闷，假如我是一个声音，在一个由声音组成的世界里，我会不会把自己视为这个声音世界里的一件特别之物，有别于他者，感觉自己是一个与其他声音均不一样的声音？然而我怎么会觉得自己有别于他者，一个与声音打成一片的自我，我发出的声音无非是又一个单位体，被整合在这个由声音组成的世界里，不是吗？可接着，斯特劳森在那本书里笔锋一转，回到日常世界，希望他的读者能从新的视角看待这个世界，我承认我没有，一直没有，我只看见到处是形骸，把意识观念划归己有，因为，哎——因为你的思想存在于你头脑里的这种感觉如此真切！感觉你的耳朵似是连着你的灵魂！没错，不管哲学家说什么，确实如此。灵魂的音乐！鉴于这个世界的现状，我们谁都不配享有那晚在中央公园的收获，但我可以肯定，我们对此感激涕零。后来下起了大雨，把曼哈顿的这场疯子戏全冲进了排水沟。

/

恰 好

"所以你父亲有份参与？"

"是的，夫人。他给我母亲当助手，做那……那个舞……"

"舞台布景吗？试着喘口气，多诺万，真的，不用着急。我相信你能赶上广场上的其他人。"

斯坦哈特老师坐在她办公桌的最边缘，正用一枚发夹剔去她手指甲缝里的地铁污垢。

"嗨，安妮特·伯纳姆告诉我，她上周末去看了那演出，和她的母亲还有年幼的弟弟一起。很是喜欢。她说，你的父亲也操作木偶——还有你，对吧？"

"哦，是的，夫人。"

"别叫我夫人，多诺万，我们这儿不是南方。你们小孩子从电视上学来的一套。"

"是，斯——"多诺万开口道，可他在格林威治村出生长大，既不知道什么是南方，对电视也无多少概念，因为他不被准许看电视。他是从他母亲——她的父亲是英国人——那儿得来这个奇怪的想法，认为"夫人"是一种浪漫的英国人的称呼方式，适用于你特别仰慕的女士。

"总之，挺好的，"斯坦哈特老师说，然后望着远处的门，直至男孩不再费劲地想喊出她的名字，合上他淌着口水的大嘴巴，"好吧，要我说，这项娱乐活动对一个八岁的孩子而言实属难得。倘若是我，我会把这个当作素材。利用已有的素材，永远是最好的办法。"

"什么，夫人？"

"我相信全班同学会有兴趣听你的故事。你可以带一个木偶来。"

"可——"

"有什么问题，多诺万？"

斯坦哈特老师把穿了玛丽珍鞋的一只脚搁到另一只上，重新整了整格子呢长裙。她直视着那张苍白但不算难看的脸：长鼻子，明亮的绿眼睛；丰满、近乎女性化的嘴唇；浓密的黑发，剪出两块略显滑稽的刘海，分盖在他狭窄的面部两侧。这个男孩确实多少有望会长成罗伯特·泰勒那一型——对一个孩子而言，颧骨够秀气的，只可惜他全身上下透着这种优柔寡断的性格，一点不会拿主意。

"我已经——取——取了报上的图片。我准备讲——"多诺万露出恳求的表情，望着他的老师。

"喘口气，多诺万。我不是在审问你。你每次都那么惊慌。"

"那座博物馆，在北面。他们一直在造的那个。他们刚动——动工。"

"叫古根什么的那个吗？"

多诺万点点头。

"哦，好吧，没问题，那个很好。"斯坦哈特老师说，她对这孩子感到诧异，她知道"古"和"斯"这两个音对他来说格外难发。她重新弄起她的指甲。能即刻敏锐地感应到人们已懒得再理他的多诺万，拾起他的书包，出门往苏利万街走去，来到华盛顿广场。

在秋日艳阳的照耀下，广场上的那座拱门看上去比以往更似它的罗马先祖，男孩发现当他踩在那些落叶上时，树叶发出一阵悦耳的嘎吱声，喷水池里有个疯疯癫癫的人在谈论基督，另一人站在一张长椅上，颂歌大麻。切不可让他的母亲知道他的课堂作业。他在第五大道上对自己郑重发誓，然后尽可能放慢脚步，走回他家所在的小巷。到了那排迷人的小屋前，他停下，紧紧抓着一根仿维多利亚时代风格的路灯柱。

"多诺万？你怎么回事，疯了吗？赶紧进来！"

欧文·肯德尔踏出他们住的蓝色小房子，杵在马路中间。他把一撮烟叶塞进烟斗里压实，打量他的独生子。

"进去吧。松开那玩意儿。"

男孩站着不动。最近他注意到他父亲讲出的"怎么"像"咋么"，话音里太多口水，他说的每句话都出自另一个时代。

"你打算当谁呀？吉恩·凯利[1]吗？"

更糟的是衣服：黄色和棕色搭配的大方格三件套西装，利用剪裁制造出高个头的假象，扣子的间距很宽，裤管自膝盖以下呈夸张的喇叭形。在隔壁那栋小屋里，多诺万能看见克莱顿小姐穿着她优雅的黑红两色的和服式晨衣，站在窗口，怀抱着她的马尔济斯犬巴勃罗。她先审视这位父亲，然后是这个儿子，朝儿子投去温厚、同情的一眼。他大可以径直从欧文身旁走过，去克莱顿小姐家，一边喝从气泡水机里出来的饮料，一边听她的波普爵士乐唱片，或偷偷瞅一眼她浴室里的裸体画，或把一个豆子袋扔往不同方向，让巴勃罗用它不会伤人的嘴去抓咬。但出于孝道，这样的串门必须有节制。"四间卧室，对

---

1. 吉恩·凯利（Gene Kelly，1912—1996），美国演员，代表作《雨中曲》。

吗？"假如多诺万碰巧去了一个有钱朋友住的公寓，波莉会这么问。"啊，我能看出你在那儿待得很开心。自然。我知道我肯定也会。大概压根儿不想回家来吧。"或是："气泡水机！啊，有闲钱指的就是那个意思，我猜——不用养家糊口，钱全花在自己身上。话说回来，那水是嘶嘶冒着诱人的气泡吗？"这样的对话，刺耳极了，总让多诺万有一种无来由的内疚感，由于源头不明而更教人不知所措。

这时波莉出来了，在秋日的寒意中仍光着脚。多诺万挥挥手；他的母亲用动作表示她无法挥手。她的左手握着一条长长的、连在一根木棍上的绿色天鹅绒带，把手举得很高，以免带子拖到地上，她的右手捏着三根彩色羽毛，每根长一英尺。在朝他奔来时，天鹅绒带像一位中世纪公主的旗号般飘扬起来，她绷着脚尖，把若换作是另一名女子的简单的"跑步"动作变得像一连串飞驰的普利耶蹲。

"我正需要你帮忙，宝贝——森林整个从板子上掉下来了。这回得用点比胶水更牢固的东西——图钉也许可以——还要用些真正的常绿植物做一套完整、崭新的蕨叶丛——星期二的演出要弄得漂漂亮亮的，这个至关紧要。噢，埃莉诺·格鲁格尔一放学就过来，把事情全和我讲了，我觉得对我们的演出来说，这次是个绝佳的机会，简直太棒了。我等不及想跟你讨论这件事——你怎么磨蹭了那么久才到家？我不得不听格鲁格尔喋喋不休地讲她祖母身上刺的图案，讲了半小时——那个是她准备拿去展示——或讲述的——你能相信吗——讲她自己的祖母。"波莉打了个哆嗦，指着她自己娇嫩的手腕内侧的一处部位："一个多么振奋人心的主题啊！哎，可话说回来，我们大家不早就知道这个世界充满恐怖？我们当真需要成天听这样的事吗？那孩子没有一点浪漫的细胞。完全不了解讲故事的魅力所在。我和你赌一块钱，她早已穿上束身衣。"

波莉的嘴贴在他耳旁，把这席话一股脑儿灌进他的耳朵。她捏了捏他的手；他也捏了捏她的。她完美无缺——一位仅向他宣誓效忠的精灵公主。然而有时，他希望她能明白，他们的关系坚如磐石，不像她看似想象的那么容易破裂——这辈子，无论他见过多少四居室的公寓或气泡水机，他都决不会背弃她。还有谁能让他同意穿着一套长袖内衣内裤、一件睡袍、戴一顶耷拉着、上面有个铃铛的帽子出现在他的同学面前？有什么比放下他的自尊心更能充分地表达一位骑士对公主的忠诚？

*

可翌日早晨，斯坦哈特老师又宣布了一件事：小朋友要两两合作，促进培养折中、共同承担责任和团队协调的精神，这些精神是眼下这样的艰难时期格外缺乏的。她用略带心痛的眼神透过远处的窗户向外凝望。如此一来，将有一所不起眼的公立学校，在格林威治村，以它自己的微薄之力，担当起这个世界的灯塔。过了几分钟多诺万才意识到这条新指示在最后关头救了他，他甚至不曾敢有这样的奢望。"我和你！"一个名叫唐娜·福特的孩子抓着另一个名叫卡拉·伍德贝克的孩子的手喊道，伍德贝克开心地红着脸回道："好呀，我们俩！"不一会儿，教室里类似的喊声此起彼伏，你邀我应，围绕着多诺万，像给他吃了一连串闭门羹。最后只好试图吸引瓦尔特·乌布利希的注意，可他发现连瓦尔特·乌布利希也避着他，明显想坚持争取更好的选择。

"我的部分用意，"斯坦哈特老师说，她反常的颤抖的话音令全班安静下来，"是我们并非总能有机会选择我们的合作对象。"昨天，斯坦哈特老师待在她祖父母位于布鲁克林高地的家，看着坦克跨过苏伊士运河。"请排好队，我来点名。"

小朋友将按名字的字母顺序结对子，仿佛班上没有三分之一的非白人学生，瓦尔特·乌布利希没有一块暗红色的胎记占去他的半张脸。又一阵慌乱紧张的声音响起；斯坦哈特老师当作没听见；两列队伍排好；下课铃响。在走廊里，卡桑德拉·肯特与多诺万·肯德尔保持一致的步调；他们就这样出了学校，来到苏利У街，既没牵手也没讲话，但显然走在一起。他又一次穿过华盛顿广场公园，虽然他天天如此，但因为卡西·肯特的存在而有所不同：树叶不仅发出清脆的嘎吱声，而且一片金黄，喷泉喷出绚丽的水柱，一遍又一遍，传送着喜悦。她紧实的辫子间露出宽阔的颅骨缝隙，不管那里面闪着光的是什么，总让人嗅到在某一胜地度假的气息。

"我们做你的选题吧，"卡西说，"那座博物馆。既然你已经全想好了。"

"哦，好，可以。"

"古——古——古根汉姆，"她学他说话的方式，但不知何故并不让人觉得有恶意，"嗨，它的外形将像一个冰激凌，我们知道。"

"一座精神——神——的殿堂。高一百十英尺，"男孩说，这时他们来到拱门下，"这个，你觉得有多高——"

"七十七。所以矮百分之三十，"卡西毫不犹豫地说，"我是数学通。想玩一盘吗？"

他们向左走，在有一棵桑树遮阴的两张石头长椅上坐下，面前摆的，是多诺万生来从未玩过的一种棋赛。卡西从她的单肩书包里掏出一个破网兜，把一小摞棋子倒在水泥桌上。多诺万努力专心地听她讲解。他们周围，肯德尔一家通常走远路绕过这个公园、想要避开的那些人聚拢来。他们中有一人光着膀子，穿了一件带羊毛衬里的夹克，

046

两只鞋上都紧紧缠着旧报纸。另一人仅剩几颗牙，戴了一顶破损的塑料面罩，防止冬日的太阳照到他的眼睛。他似乎认识卡西。

"喂，小子——准备好了吗？"戴面罩的那个人问多诺万。他在两个小孩旁边跪下，把他僵硬的手肘支在桌上。"这个姑娘要给你上一课了。"

多诺万打算认真观察卡西走的每一步棋，指望能明白这棋的原理，以此为基础，在他自己糊涂的头脑中重建这套原理。可当她果决地在水泥桌上挪动她的棋子，只着眼于它们的战略用途时，对多诺万来说，这些棋子是高贵的国王和王后，那些车，依其形状是他们住的城堡；这儿有他们信任的顾问，那儿是在城堡围墙外列队等候的兵卒——不管卡西费多少口舌解释严格的规则，指定每个棋子该怎么走，都无法阻止男孩本能地依照地位或关系来排布他的棋子。

"那样走，一步也赢不了，"卡西一边说，一边吃掉多诺万的王后，这个王后草率地踏出她的寝宫，去抚摸一匹心爱的白骏马，"那样走，一开局就输了。"

他们才刚走了几步，她已把他的国王围困住，此时，她换成蹲坐的姿势，一边笑一边拍手。

"多诺万·肯德尔，"她欢呼道，用一根手指戳着他的胸骨，"你无路可走了。"

*

"可这个卡西，甭管她是谁，就不能学习一下台词吗？"波莉想知道。她正傻乎乎地用牙齿叼着一管胶水。她的儿子递上纸做的奶奶的蕾丝帽和硬纸板做的狼的脸，两个将粘在一起，这活儿几乎每周都要重做一遍。"我的意思是，多一双手，我们肯定应付得来。"

"但最终只能两个小朋友一同上去。就我和她。老师这么说。"

"哦，好吧，可我还是搞不懂为什么要——"

"她不是白人姑娘。"多诺万说，虽然不大知道原因，但这么一来，调停奏效；为了不自相矛盾，现在，波莉没办法批评这项作业的不是。每个只要认识波莉·肯德尔的人都知道她重视种族融合的观念，近乎和她珍视讲故事的力量或小孩的天真无邪一样。很久以前——在一次就当时而言难得的下城之行中——她亲身卷入种族融合的大戏，其形式是一群浩浩荡荡、慷慨激昂的人穿过华盛顿广场，向耶德逊纪念教堂拥去。天性是"生命不息、探求不止"的她，加入这群人的队伍。几分钟后，发现自己在与讲台相隔三排长椅的地方，听年轻的小马丁·路德·金牧师演讲。一段可在早晨喝咖啡时及家长与老师面谈时生动讲述的往事。"他的眼睛呀！我唯一能想到的形容词是清澈如水。清澈如水。我看得出那双眼睛直盯着我：这个来自布莱顿海滩区的、古里古怪、一无是处的十六岁白人女孩。我的意思是，自然我很显眼。我还要告诉你的是，对此我一点不觉得难为情：无论他叫我做什么，我都会照办！什么事我都愿意！"可惜不巧，金牧师没叫波莉这位青少年干任何事，她实际参与民权运动的经历止于那次布道，留下的仅是一点残余的热情。

"为什么住在哈莱姆区的小孩竟不能有同等机会听一听我们的故事呢？"两天后她问卡西，那孩子正拉了一把藤椅到一张圆桌旁，桌上铺着一块带流苏的吉卜赛风格的桌布，只差一个水晶球。"讲故事给人听是一种表达爱的方式。难道他们不应得到爱吗？"

"我爱每个人！"卡西愉快地说，接过递给她的棍子面包。"不过：如果遭到攻击，我会防守。你下棋吗，肯德尔先生？"

"我？"欧文放下手中的报纸。"不。我不下棋。"

"我下棋。"

"是吗？"波莉停下搅拌她的意大利面酱，用人类学家的目光，又打量了卡西·肯特一眼。喷水池旁有扎着辫子、跳绳和唱歌的女孩，而另一头、西门入口处，则有邋遢的老头俯在石桌上，但这两拨人在她心目中素来毫无交集。"你说的是在学校吗？"

"有时在公园。不分时间和地点。而且，我棋艺不错。"

"我相信一定是！"

"我轻易赢了多诺万。"

"卡西，你知道吗，多诺万从不带他的任何朋友来家里见见他可怜的爹娘，"波莉一边说，一边把双手插在纤细的腰上，搜肠刮肚她掌握的少数口音，"所以我真高兴他决定带你来家见见我们。"

"我本打算展示和讲述我的象棋……但仔细想想，那个没多少可展示的。"

"当然，我们的演出已准备就绪，随时可以进行。"波莉慢悠悠地讲。聊天内容又转回正轨，无法脱身的多诺万，竭力转移话题。

"可那个不——不可能仅在几天内教人学会演那东西。木偶戏是一门名副其实的技艺。"他说，用波莉的原话回应波莉，这样做似乎平复了她的情绪；她不再咬着勺子，把它放回锅里。

"嗯，确实如此。它是一门技艺。不是每个人都能一学即会。"

"开战了，"欧文大声说道，用手指指着报纸的头版，"应当有人展示和讲述一下那个。"

卡西审视那张照片："这些人，那里有你们的家人？"

"嗯？"波莉背朝他们大家说，"哦，没有，不是我的家人。欧文的。理论上的。我的意思是，他并无任何亲戚或什么人在那儿。"

"理论上的？"

门卡在老地方，没有啪的一声关上；波莉未被吓得缩一下。波莉、卡西和多诺万听着欧文走出小屋——那些日子小巷里静得出奇——在外墙上划燃一根火柴。波莉若无其事地继续搅拌她的酱汁。

"当然，总而言之，"她带着心满意足的表情说，"我们都是一家人。"

*

"这个是比例模型。"卡西一边说，一边在全班面前举起一个用硬纸板做的圆环状、倒金字形塔，多诺万念出一张纸上写的比例尺，接着卡西报了建筑师的名字，多诺万不知怎的清楚无误地讲出了"喷射水泥砂浆"这一短语，整个演讲顺利完成。但课后，在走廊里，他们没有直接互相祝贺一番，倒是卡西宣布，她打算尽快去看波莉·肯德尔木偶剧团的演出。

"可——要花两块钱。"

"我不是住在救济院——我们拿得出两块钱！"

"那个是演给小孩子看的，"多诺万试图换个理由，内心惶恐万分，他的一个隐忧得到证实——条条大路转回到他母亲身上，"你超龄了。而且是在星——星——星期天。你要上教堂，不是吗？"

"我会来看的。"

"不是两块钱，我骗你的。"多诺万说，脸变得通红。去年一整年，他每个星期六把手伸进匹诺曹的里面，他已无法消除一种深切的认同感。"你真想知道的话，票价只需半块——半块——"

当他结巴时，大多数成年人会一直盯着他的脸，慈祥地微笑，直至他把那个词，不管到底是什么，完整地讲出来。卡西和所有小孩一样，只会一个劲儿地说："什么？什么？什么？"发出不耐烦的怨声。她走在前面。当他追上她时，她冲他发火："老兄啊老兄，你能别再跟着我吗？"

"好的。"多诺万怯怯地说，但可能又是一句谎话。一个名叫科里·华莱士的男子曾向肯德尔夫妇保证，他们儿子的毛病可以很容易"治愈"，但他似乎不是真正意义上的医生——他的墙上没有挂证书，他的诊所挨着运河街上的一家中餐馆。但波莉仍"相信他的诚意"。

"多诺万·肯德尔，"卡西说，叹了口气，像某人的母亲似的双手叉腰，"我被你烦死了。想看我的奶子吗？"

他们离他们的教室咫尺之遥；这件事似乎没有实现的希望。可在楼梯井的转角，卡西让自己靠着一堵墙，把她的无袖连衣裙拉到一侧。多诺万默默地注视着一个乳房，与他自己的无异，只是乳头稍大一些，表皮是可爱的深棕色。他把自己的手掌平按在这个平坦的乳房上。他们就这么站在那儿，直至听见楼梯上传来脚步声。"倘若我是卖身的，"卡西低语道，同时把衣服拉好，一脸严肃的表情，"那个至少得十块钱。"说完，他们朝出口走去，分别，没再讲一句话。

事情没完。一天早晨，在进学校前，多诺万扑向她，收获了一个良久、纯洁、美妙的吻：两张合拢的嘴紧贴在一起，卡西使劲地前后晃动脑袋，她大概是看了电影里的人这么做。陡然间，她抽身，一本正经地抚平她胸口的无袖连衣裙。

"别以为我忘了，"她说，"我会来看那演出的。"

当天下午，在厕所的隔间里，他要求看她的"嘘嘘处"，她应允了——一团乱七八糟、黑乎乎的褶层，中间分开，露出惊人的粉色内里。他获准伸一根手指进去，然后再抽出来。这件事后，很难想象他能怎么拒绝她。

*

黑色的褶皱，绿色的天鹅绒。多诺万透过缝隙向外张望。他能看见卡西和大人们坐在椅子上，她的两只脚抬起至屁股下，她抱着膝盖。"请记住，"波莉在后台，让她蹲伏着的丈夫和儿子把头凑到她的头旁边，对他们说，"在我把柴棚拆掉前，我不想看到金发姑娘或那几个碗。上礼拜，你们的动作实在太快了，你们俩都是——但你，欧文，尤其严重。"欧文狠狠地把手插进熊爸爸里："不用你来教我该怎么做。我知道我要做什么。"多诺万摇了摇小铃铛，堂会理事调暗"观众席的照明灯"，金发姑娘的头发被一颗钉子钩住，这样的事以前发生过，而且很多次。像在梦里似的，跪着的多诺万站起身，绕观众席走了一圈，邀请所有年幼的信徒与他一起进入梦乡。他十分确信他讲了他的台词（由波莉精心编写，无一个会卡壳的字），唱了他的歌；他能听见孩子们的尖叫，知道他的身后必然是模糊的狼的黑影，时显时隐，节奏与他们的喊声相同。但他能看见的只有卡西紧紧抿着的上嘴唇，还有她深锁的眉头。不管怎样，他顺利完成了那半小时的戏。观众席的灯亮起。波莉再次来到他身旁，一身黑衣，一个小小的句号，她正在说我的丈夫欧文和我的儿子多诺万，他们三人一起拉着手鞠躬。

*

"卡西，你来啦！"

波莉向那女孩伸开双手。卡西的手仍插在她牛仔裤后面的口袋里没有动。

"听我说：你想不想到后台来？那儿有各种机关。"

她领那女孩走到天鹅绒幕布后，欧文正坐在地上，一边抽烟，一边把道具和木偶放进打开的鞋盒里。他举起那匹狼，把它套在卡西的手上。

"你试试——动它一下。"

卡西让它往右移动了一点。粘好的奶奶的帽子脱胶掉下来。她递还给欧文。

"这该死的——"

在这匹狼可能被扔出去前，波莉从她丈夫手中救下它，轻柔地将它连同它的帽子放回一个标有"坏人二号"的盒子里。

"为什么这些木偶都那么破破烂烂？"卡西问。

"哦……若说它们的制作看上去简单粗糙，我想原因在于，这些木偶是我们自己亲手做的。"

"以为你们指的木偶戏是真的木偶戏，"卡西说着，转向多诺万，"像是豪迪·杜迪[1]或类似那种。"

波莉插话道："哦，那个可不是手套式木偶。那个是牵线木偶。也挺好的——假如你喜欢那种木偶的话。但那个不算是真正的木偶表演。"

"木偶是有手有脚有身子的，"卡西一边坚称，一边指着躺在那儿的金发姑娘，"那个，只是一张用硬纸板剪出来的脸。而且还只有半边脸。"

---

1. 美国20世纪50年代《木偶剧场》中的角色。

波莉用一条胳膊搂着卡西，带她回到演出厅。"希望能再见到你们，"她对正匆匆离场的人家说，话音越过卡西的头，"我们在布朗克斯区和哈莱姆区有慈善义演，每月一次，全赖你们的慷慨捐助。敬请各位在门旁的瓶子里献上你们的绵薄之力。我们在此地做这个演出已将近六年！可惜不是人人都像格林威治村的小孩那么幸运。"她把一只手放在卡西的头顶。"对那儿的孩子来说，这是个难能可贵的机会。"

"我住在第十大道和第十四街相交的地方。"卡西反驳道，但波莉已向前走去，此时正在与来看她演出的零星观众搭讪，这些观众试图道别离去。你是怎么听说波莉·肯德尔木偶剧团的？通过朋友？广告？少数几个倒霉蛋无可奈何地抬起头；更多幸运、机灵的女士早已赶紧给她们的孩子穿上外套，这会儿正沿哈德逊街走在半途中。所以是哪一条："口头的"还是"公开的方式"？人们需要花点时间才搞明白后一项指的是那些六寸大的小卡片，绘有拙劣的插图，印刷质量不佳，在联合广场下的每间咖啡馆、小酒吧、爵士乐据点和餐厅里几乎均可见到。

"每个月的一号，我们推出十一月组剧：《不来梅的音乐家》《金发姑娘和三只熊》以及《灰姑娘》。请转告你们的朋友！"在演出厅的另一头，多诺万站在原地，半个身子被舞台幕布挡住，他试图从许多想讲的话中做一选择。他仍在组织那个句子，检查里面他认为要用到"蛇"和"小妖精"的地方，以免结巴，而卡西·肯特直接从他身旁跑过，进入教堂，然后经走道——不见了踪影。

只剩下肯德尔一家。鞋盒编了号，盖上盖子，按正确的顺序放在一个手提箱里。三面的"舞台"被压平，那块绿色天鹅绒布被小心翼翼地折成整齐的四方形。欧文关掉所有的灯，取出瓶子里的几张钞票。波莉轻轻坐在合拢的手提箱上，按下黄铜夹扣。

"你的好朋友怎么了？"

多诺万摘下自己头上的睡帽，用双手捧着。

"可多尼……你为什么竟要和那样的女孩玩在一起呢？哦，我相信是个好女孩——假如你真的喜欢她，我不想阻止你们来往，但我觉得她显然——哎，她几乎没什么，噢，我不知道怎么讲：幻想。想象力。奇思妙想。相信我：你不想变成那样。欧文毫无想象力，瞧，就因为那样，什么事都变得难弄极了。在我看来，有想象力可比一个人恰巧是什么肤色或有多少钱之类的重要得多——假如你认为你站在那儿愁眉不展的原因是那个，那么我讲对了。我唯一关心的是这儿在想什么。"她说着，捶捶她狭窄的胸膛，可多诺万只看着他的鞋。

"听我的。你觉得她为什么不喜欢你？因为你有时讲话有点不利索吗？因为你太瘦吗？你难道不明白，她只要有一丁点见识的话，就会发现你是个多么优秀的孩子？可她毫无值得一提的见识。我敢说，她现在肯定立刻回到家，打开那白痴电视机，就这么发呆。"说着，他的母亲扮了一个鬼脸——斗鸡眼、卷起舌头包住下牙——多诺万情不自禁地露出笑容。

"她只看电视，不干别的。"他道出实情，然后让帽子掉在石板地上，用脚稍稍拨弄了一下帽子。"整个周末都这样。她有一次告诉我。她的妈妈不关心她干什么，她真的一点都不管，"他动用了些许想象力，补充道，"而且他们不看书，什么都不看。全家人认为看书是大大地浪费时间。她从未听说过雷神托尔、塞壬或谁！"

"看吧，我讲得没错。"

波莉弯下腰，捡起小威利·威基的睡帽，呵护备至地掸去上面的灰，把帽子重新戴到她儿子的头上。

"人以群分，多尼。等你长大后会明白的。船到桥头自然直。"

/

家长的晨悟

1. 欢迎阅读这张叙事技巧作业纸!

2. 你们尽可以把这张作业纸带回家,与孩子一起温习。

3. 让我们开始行动吧!

叙事作者使用的技巧,例如……

对话

小孩的作业纸上,下面这幅插图是一个空白的话框。里面什么也没写——一片空白。但就此而言,这张作业纸无疑是对的:时下沉默是金。

具有揭示作用的情节

我们面前有三组人物线条画,每组里的人都大腹便便。他们属于哪个种族,模棱两可(不过每组里有一人的头发是卷毛)。无人有生殖器,但每一对人中有一个留着长发,所以请自行推论。在第一组中,我们假定那名男子——短发卷毛的那个——正在推倒那名长头发的女孩。线条画的人物本质上没有表情,但她看起来一副受伤的模样。在第二张插图里,她送给袭击她的人一个气球。原因不明。也许是为自己成为受害者而道歉？两人都面带微笑。在第三个版本中，他们相拥。这当中揭示出很多内情，但仍有很多内情未道明。

多重视角

一个女孩用一面放大镜看东西。她的旁边，一个男孩用一面放大镜看东西。男孩旁边，一只猫用一面放大镜看东西。这样显然全面透彻地说明了视角问题。

第一人称叙述者

一个男孩面带洋洋自得的表情，举着一支比他自己的头更大的铅笔。从他的脑袋中冒出三个独立的话框："主语我""宾语我"和"我的"。对，正是如此。

内心活动

非常令人好奇。又是那个空白的话框，但这次里面不是一片空白，而是画了一道平滑的细线，此时这条线出现波纹、变得毛茸茸，像一朵云。是不是我们想的东西，不知怎的，比我们敢大声讲出口的，更跌宕混沌？或更如梦如幻？或更加空洞？这张作业纸，因实际针对四年级学生，所以不讨论这些从属的问题。

描写

一幅画置于画架上。一支画笔悬于空中，靠近画架，但不是握在谁的手中。那幅画本身是一幕写实的田园风景：一间小屋，从烟囱里升起炊烟，一片牧场，一棵树，月亮。这张作业纸是不是在暗示，描写可以并应当只围绕看得见的东西？暗示描写的作用是再现现实？现实，如艺术家所构思的，照定义必须优美如画或富有田园色彩？这是一份什么样的作业纸？

使用过渡

一只钟显示时间。那只钟毫无特色，仅有指针、没有数字，但显示的时间看似是四点十分左右。（我不相信这里面有隐义。）钟的四周有若干提示：稍后。后来。在那以后。第二天。下一个！

把作业纸翻过来

好。

叙事作者的意图目标，例如……

提出问题

一辆汽车快速驶向悬崖边缘。悬崖边缘结了冰，正值隆冬。在结冰的崖壁上不知从哪儿伸出一根树枝，横在半空中。天上挂着一个醒目的惊叹号。不得不佩服这张作业纸：那真是个了不起的设置。

引出人物

线条画的小人儿，头发像是扎着班图结辫，戴着眼镜。线条画的高个女子，剪了和拉娜·德雷一样的发型。线条画的小婴儿，在哇哇哭，头上仅有的一撮卷毛翘着。线条画的老人，头发盘成老奶奶那样的圆髻，拄着一根拐杖行走。箭头指向他们每个人，仿佛表示，**瞧这全体人物**。但也许有别的引出人物的方法，这张作业纸未把它们包含在内。

展示人物的动机

扎着班图结辫子的小孩，眼镜不见了，捧着一件用彩纸包装的礼物。在他内心深处——用云朵状的独白框表示——他梦想着把这份礼物送给剪了和拉娜·德雷一样发型的女孩。经典的爱情故事，固然有许多叙事作者把这个作为动机，但我怎么能向这张作业纸坦承，我素来对这个动机毫无兴趣？

唤起同情心

唤起同情心！眼前是一个碗，碗上写着"同情心"。碗里似是装满了一种浓稠、黑黝黝、呈涡旋状的液体，犹如融化的巧克力。搅动它的是一根带心形图案的汤匙。唤起同情心！一条美学原则还是一条伦理原则——或两者皆然？不好说。但大体上无可争议的一点是：无论何时何地，唤起同情心是所有故事的意图和目的。你怎么能对此存疑呢？这一条就用白纸黑字写在这张作业纸上啊！

创造背景

画架又出现，还有那幅相同的画和那支悬空的画笔。纽约公立学校委员会原来是在坚定不移地倡导文学写实主义。

展示解决方法

那辆车不见了，那个男人下了车，他站在冰封的悬崖边缘，显然松了口气。线条画的手放在线条画的脑袋上，嘴里正道出"咳"。别问我是怎么发生的。情节不是我的强项。

让读者身临其境

看得出是个男孩子，穿着球鞋，头发分明，伸着两条腿，趴在地上，欣喜地阅读一本书，完全沉浸其中。噢，我记得那种感觉！

观点清晰

一面放大镜。仅此而已。没有人拿着它，也没有被放大的对象。有点像禅宗公案[1]。这个恐怕超出了我的理解力。

记着目标，做出修改

这是一本用铅笔写满东西的记事簿，但里面不见一个人影，由此我想到，这张作业纸十分清楚（但不敢告诉小朋友），未经修改，目标并不真正存在，相反，目标正是在修改的过程中形成的。

把主题编织进故事里

还是同一本记事簿，但这回那支铅笔变作针线，正在把"主题"

---

1. 指祖师、大德在接引参禅学徒时所作的禅宗式的问答，或某些具有特殊启迪作用的动作。

一词缝入簿子中。我能想象，在从现在算起的一百年后，有人在这片曾属纽约、被洪水淹没的废墟中找到这张作业纸，围绕纸上的准则建立起一个小型宗教派系，这倒数第二条指示将是他们最神圣的宗教信条。

时间条理清楚

一个男孩在奔跑。他的身后写着"加速前进"。一只乌龟与他擦身而过，反方向行进。乌龟身后写着"放慢速度"。啊，那个才是最关键的绝招，说到点子上了。

/

市中心

　　一位杰出的奥地利画家——他住在匈牙利的一座森林里——一天带着他的女儿上门来访，两个女儿都是红头发，梳着辫子，面色苍白，沉默不语。她们穿的是那种店里买不到的衣服，只能是从世纪之交直接送到她们家的。这两人，都是该死的天使。相比之下，我的孩子在屋里四处乱跑，打扮得像小人国的长途货车司机，因吃着酸味软糖而兴奋异常。他们抱着他们的平板电脑不放，仿佛那个是关系到他们生死存亡的必需品——好比说，结肠造口袋。可我拒绝感到羞愧。和时下在美国的其他人一样，我坚持做真实的自我。

　　另一方面，他是个了不起的画家。在所有在世的画家里，他是最具生命力的，也最配得上画家的称号。大约四年前，他建立起一套全新的民间风格，新到让人不再觉得绘画有多大用处，因此，他在某种程度上既复兴了绘画，又同时扼杀了它。当然，我们都嫉妒得要死。他偶尔来这座城市走访一趟，意义重大，这回轮到我有幸做东，招待他和他那对沉默的天使。我邀请了我在市中心的几位同仁，来顶礼膜拜他，可当他和他的女儿走进来时，我们大家当即明白，没有顶礼膜拜的机会，他也决不会同意跟我们去狼咖啡餐厅，一边咬着嚼不动的炸小牛肉片，一边喝得酩酊大醉，直至清晨。他是真正的大师，所以，和他的女儿一样，鲜少开口讲话。老实说，我想这件事大概如同请叔本华来喝茶。固然是一种光采和殊荣，但应酬起来是件颇令人为难的活儿。他逗留了约一个半小时。大概讲了两段人话，结果无一句和形而上学或存在主义有关，连和美学也搭不上边。他住的酒店在 L 线旁，怎么坐 L 线去 x 或 y 地，孩子们可以在什么时候、什么地方吃东西。中间是良久的沉默。最后，该走了。到门口时，仿佛刚想起来似的，他说："我不懂你怎么能住在这儿，当一个艺术家，周围尽是这般纷扰的应酬和这些人。我自己住在匈牙利的森林里。"这番陈述像是故意要让我陷入疯狂的自恨中。我感谢他提出此问——他的"一问"——给他指了去 L 线车站的路。接着我送每个人回家，惊恐万分地过了几日。

*

纽约公立学校的日程安排表对各种惊恐——个人的、生存的、艺术的或别的——不予理会。九月四日开学，没得商量。唯一能脱身的办法是拿根普通的皮带，往脖子上系一圈，把皮带绕在门把手上，然后突然往地上一坐。虽然这个方法也许不能让你的孩子免于开学第一天必须到校，但至少这样一来，你不必送他们去。今天是九月四日——我得送他们上学。在排队进校门时——一条关系重大的队伍，从狼咖啡餐厅沿第六大道一直延伸，犹如魔鬼肚里的绦虫——一位家长开始与我聊起暑假让他们一家人脱胎换骨的巴布亚新几内亚热带丛林之旅。去那儿要换乘三个航班，他们与猴子一同上床睡觉，与树懒一同醒来，整个旅程让人彻底脱胎换骨——脱胎换骨以逃离美国的

"现状"，让他本人、他的妻子和孩子发生蜕变，而对他尤然。脱胎换骨。我细细地端详这家伙。我上一次见到他是去年九月四日，但在我画家的眼睛看来，他似乎没特别变化。基本还是那个讨厌鬼。

*

送完孩子，在伤心地走路回家途中，我听见一位年迈的白人女士在奇塔雷拉海鲜市场外对着她的电话大吼大叫："可他不是我的朋友，他是我的司机！"对此，一个穿着带亮片的裙裤、留着巴斯奎特[1]式非洲爆炸头的高个子少年——他正好经过——回道："女士，你是我的**菜**。"无论热带丛林或森林，我担心的是，你实在无法想象那儿会发生这样的事。

*

我被吓惨了，我决定乘沿东海岸的火车，出城几天。我阅读E. M. 齐奥朗[2]的书，同意他的观点，他说他赞同何塞普·普拉[3]，普拉之前赞同他本人的看法，我们一无是处，但要承认这一点很难。早晨七点，我看见波托马克河里有四个男人坐着一条小独木舟，个个面朝前方，脸上透着英雄的风采。你会以为他们是在运回一具在一场你

---

1. 让-米切尔·巴斯奎特（Jean-Michel Basquiat，1960—1988），美国新表现主义艺术家。
2. E. M. 齐奥朗（E. M. Goran，1911—1995），罗马尼亚裔旅法哲学家，20 世纪著名怀疑论、虚无主义哲学家。
3. 何塞普·普拉（Josep Pla，1897—1981），加泰罗尼亚记者、作家。

死我活的决斗中丧生的尸体。我凝望着他们的船不声不响地行驶在水中，穿过雾，经过华盛顿纪念碑。船头，一盏孤零零的指示灯。这一幕如此动人。它象征了某些东西。我考虑打听一下在当地森林购置房产的事。但我舍不得那座城市。

*

到我回去时（我在外面停留的时间比预想的长），狼咖啡餐厅关门了，福特博士将在听证会上作证[1]，这几件事合并起来，在第十四街以南造成群情激奋。这间咖啡馆其实在夏天已停业，恰好同一天，有人（市政府？）在格林威治村与第六大道相交的路口安装了一个偌大的黄色扩音器。这个扩音器的使用方式如下：史上每个在格林威治村住过的作家的名字旁有个按钮，按一下那个按钮，会听到他们朗读各自作品中的几行话，从而确认这片地区过去在文化上的重要地位，与目前种种迹象显示的正相反。你可以按薇拉·凯瑟你可以按阿米里·巴拉卡你可以按弗兰克·奥哈拉你可以按吉米·鲍德温可以一直按下去。但由于正值大家对文化无动于衷的时期，所以实际的情况是，在我们走过之际，一名发型时髦、疯疯癫癫的年轻男子间歇性地朝那个扩音器跑去，对着它嚷道：狼咖啡餐厅关门啦！狼咖啡餐厅关门啦！市政府在那儿的交通环岛处设置了大红的锻铁座椅，我和我的孩子坐下，看着他过去。狼咖啡餐厅关门啦！然后他会跑过街道，你以为事情结束了，可不一会儿，他又回来，白色的紧身牛仔裤被汗水

---

1. 2018 年 9 月，加州心理学教授福特检举特朗普提名的大法官候选人卡瓦诺性侵，即下文提到的布雷特听证会。

湿透，时髦的头发在微风中四散飞扬，他仍喊着：狼咖啡餐厅关门啦！这不是演习！狼咖啡餐厅关门啦！我的儿子问我，这名青年是不是"脑子有病"——我们市中心居民用来形容彻底疯了的人的委婉说法，但我精明绝顶的女儿却说："不可能——瞧他的衣服！"我觉得那个回答耐人寻味。它说明她正在变成美国人。它说明她现在拒绝相信有钱人会是彻头彻尾的疯子。

*

星期天，我去黑人教堂敬拜英国说唱歌手莫尼·爱和嘻哈二重唱组合"死总统"（主唱杰）。牧师带领我们完成全部的教理问答：

> 莫尼在中间。
> **她在哪儿？**
> 在中间。

可不是嘛！接着我们进入布道的正题，关于我们日常的抗争：

> 你不喜欢那样，对吧？
> **你把地盘搞砸了？**
> 黑佬，悉数奉还！
> **妈的，没错！**
> 你知道我们厌倦了让我的黑佬饿肚子！

瞧，我心生敬畏。听着"死总统"组合以那种方式把事情层层分解，简要精炼。将这整套把戏看得一清二楚。在匈牙利的森林中大概没有这样的把戏，但我不住在匈牙利的森林里，我就住在这儿，我正在谛听铁一般冷酷的事实。我深受感动。我们通过祈祷走到一起。我们为他们祈祷：

桑德拉·布兰德

特雷沃恩·马丁

埃里克·加纳

奥尔顿·斯特林

费兰多·卡斯迪尔

迈克尔·布朗[1]

我们祷祝的人不止这些，但我不想一一尽述。牧师伸出手邀我们大家组成人墙，他直言：现在我们应当团结起来，为这个年轻的晚辈祈祷，她中枪，因为她是黑人。噢，饶了我吧，我挣脱出人墙。我说，看看你做了什么呀，你把犯罪人的行为偷换成受害对象的特征。你把一个人的行动变成另一人的存在。我说，你不对女巫讲：他们把你扔到水里去的原因在于你是女巫。你说，他们把你扔到水里去的原因是这些混蛋相信巫术！他们整个团体建立在此基础上！没有谁对他们施加魔咒！他们集体、共同、每天制造巫术！他们眼中的现实完全是凭相信巫术而编造出来的！

哎，黑人教会明白我在讲什么，但这些话，他们以前不是没有听过，再者，他们不认为眼下这些话特别有效，因为左中右，放眼望

---

1. 以上这些都是被认为遭遇美国警方暴力执法身亡的黑人。

去，他妈的处处是被投入水中的女巫。牧师把我拉到一边说：嗨，你不是美国人，对吧？所以你会讲这样的屁话，请原谅我用专业的宗教语言。我说，牧师大人，你猜得一点不错，我是从加勒比海那边来的，和讨厌的非洲人一样，我们还没完全掌握那套教理问答。需要经过长年累月的培训，才能彻底承认自己是个女巫。但我可以改正！你可以教我！

*

　　我的两位姨妈来市里，正赶上布雷特出席听证会为自己申辩[1]。我们这几个块头不小的牙买加女士，占据了人行道的许多空间，一路乐不可支。我们从哈莱姆区出发往南走，但每当我的姨妈看见一位来自海外的英才俊杰时，她们仍保留着在小牛皮笔记本上做点笔记的习惯，等我们走到格林街时，她们已经见过七百位画家、三百七十九位影像及概念艺术家、约八百位作家、数不清的音乐家、四十七位使用各种不同材料的雕塑家、一大堆医生和娱乐业的律师、诸多瑜伽教练等等其他人士，再加一位前总统、莱尔·阿什顿·哈里斯、约翰·莱金德、希尔顿·阿尔斯和斯派克·李本人。我说，两位女士，你们会把那些笔记本统统用光，你们不妨试图对这一切泰然处之。我们还没到布鲁克林呢！（当然，我本可以带她们去别的地方，但她们是从别的地方而来，我想让她们领略一下璀璨的光芒，做个称职的外甥女导游。）我的姨妈对我侧目。她们双臂交叉，放在她们的巨乳下。她们

1. 可能是指布雷特·卡瓦诺，现任美国最高法院大法官。他在 2018 年 9 月被指控性侵一名女高中生，后接受国会参议院听证调查。

说，亲爱的黑人混血外甥女，我们在度假，别催我们——让我们优哉游哉。也许我们被生作是女巫，但这个美丽动人、遍布全球、你有份参与的女巫帮，是我们用来对付我们过往遭遇的，是我们自己有幸创造出来的，同时也是一项宏伟、辉煌的事业！因此：别出声。让我们好好享受我们在这儿的时光。对了，你知道洛兰·汉斯伯里的牌匾在哪里吗，还是你不知道？

总之，等我们走到这座岛的一端时，她们沉浸在高昂的种族情绪中，并不怎么介意在一处角落的卡座里坐下，看一台挂在吧台上方的硕大电视机播放来自华盛顿的事件报道。瞧，强奸在我们的家族史里司空见惯，如同你家里司空见惯的事，不管什么，在你的家族史里司空见惯一样，所以接下来我姨妈讲的话，在我看来具有一定的权威性。她们说，这个可能看上去像是男女之间的战争，但其实代表了一个统治阶级发起的最后的围攻。看到布雷特在台上扮出那副可怜的怨妇相吗？看见了吗？那张脸是在你试图拿走小宝宝手里摇的铃铛时他做出的表情。我们生育过许多许多的小宝宝，所以我们熟悉。在这个类比里，美国相当于那个铃铛。他认为他有资格拿着那个铃铛为所欲为，女性只是上述协定中的副条款。还记得当我们按下那个疯狂的黄色扩音器上的按钮吗？我们听见备受尊敬的勒鲁瓦·琼斯[1]高喊"这个国家如同我们自身一样"？不过，亲爱的黑人混血外甥女啊，诚如我们说明的，我们在度假，我们来这儿是为了开开心心地玩。现在我们能去跳舞了吗？

我们跳了四天舞，结果相关的调查也正好进行了四天，等载着我姨妈的出租车驶入肯尼迪机场停下时，布雷特的例子再次证明，每当

---

1. 勒鲁瓦·琼斯（Le Roi Jones，1934—　），美国黑人诗人。

一个年幼的布雷特怀着梦想、出生在这美国时，那个生来的梦想确实能成真。是的，先生，假如你的小布雷特真的志在必得——假如他有信心，假如他有信念，假如他是个他，假如他也叫布雷特——他可以实现他立下的不管什么志向，对你们这些个特洛伊、基普、特里普、巴克和查德来说更是如此。

*

哎，我们震惊不已。我不相信阴谋论，但适逢布雷特宣誓就职之际，住在第十四街以南的人个个收到电子邮件，通知他们狼咖啡餐厅将重新开张，这事不得不让人觉得有点可疑。我相信一位真正的艺术家，即使住在匈牙利的森林里也能想象，在此情形下，这个消息像是我们大家在无比漫长的时间里听过的天大的喜讯。我试了四套不同的衣服，然后索性把它们全都穿上。我跑着穿过一道道门。餐厅里座无虚席。可一旦适应了那种难以置信的人挤人的感觉，你不可能不注意到，一切都没变。墙纸仍是以前的墙纸，服务员仍是以前的服务员，食物仍和以前一样差强人意，桌子照旧胡乱地推来推去，大家依旧认为那位奥地利画家要么开启了绘画的一种新可能，要么全然摧毁了绘画的可能性。唯一的区别是，以往我们一边喝马提尼酒，一边讨论这个永无止境的话题，现在大家全改喝啤酒，互相碰杯，在服务员为我们添酒时告诉他们："有时我喝得太多。有时别人喝得太多。我喜欢啤酒。我依旧喜欢啤酒。"我想，正因为那种事，所以真正的艺术家住在匈牙利的森林里，可我住在市中心，所以我在一连串不同的桌子旁坐下（狼咖啡餐厅的全部意义在于，那儿是一场流动的飨宴），告诉我遇到的每个人，下次，当他们在这家倒霉的饭馆或黑人教堂或不

069

管其他什么地方看见我时，我将已经丢掉我的绿卡，成为公民，因为讲真的，狼咖啡餐厅该死又了不起的地方在于，没有人不悦地翻白眼或指出当中的微妙之处，即成为公民可以新享有入选某些国家级艺术奖的资格，即使有，我也早沿第六大道走出很远，听不见一个字。

/

裹在紧身褡中的阿黛尔小姐

　　"哎，完了。"迪伊·彭登思小姐说，阿黛尔小姐回过头，看见是怎么回事。紧身褡上的那排钩子整条脱落下来。迪伊举着裂成两半的紧身褡，涂了两道口红的大嘴巴，嘴角撇向两边。

　　"起码可以说它是战死沙场。不辱使命。"

　　"去你妈的，我还有十分钟上台。"

　　"当一股像你屁股那样不可抗拒的力量……"

　　"别唱歌。"

　　"遇上一件不为所动的旧物，像是这老掉牙的紧身褡……结局可想而知——！"

　　"都怪你。你拉得太用力了。"

　　"总要有付出，总要有付出，**总要有付出**。"

　　"你拉得太用力了。"

　　"放心，你吸引人的功力不减。"迪伊抬起她瘦削、雪白的中西部人的腿，搁到台子上，准备穿长筒袜。她用一个脚后跟指指阿黛尔小姐那盒堆得像一座小山的鸡肉加米饭："真话，小亲亲。"

　　阿黛尔小姐在一张脏兮兮的天鹅绒凳子上坐下，对着镜子里的她。她正逐渐发福，身上的肉松垂，过程、部位，在哪方面都和她的父亲一模一样。加上现在是隆冬季节，她深色的皮肤因干燥而发灰。她觉得自己像某件曾经价值不菲的红木家具，上面蒙了一层薄薄的可卡因粉。这场与紧身裙的最后斗争使她的假发歪斜。她四十六岁。

"把你的借我用一下。"

"好主意。你可以穿在你的手臂上。"

烦死人了，照意大利人说的——烦死人了。尤其厌烦这帮小子，这些"千禧一代"，或不管他们自称什么。永远"在台上"，他们谁的眼里都没有后台——只有大庭广众。就算踢开梳妆室的门，把屁股给他们舔，他们也不懂什么是真挚的姐妹情谊。

阿黛尔小姐站起来，解开裹着的带子，把一顶毛茸茸的猎鹿帽戴在头上，换上她那双舒服的鞋。她卸下披肩。也许别再穿披肩？她只要照一照镜子，若角度不对，看到的便是爸爸，穿着他的长袍。

"内衣的问题，"迪伊说，"是它会心有余而力不足，不是吗？像奥巴马一样。"

"住嘴。"

阿黛尔小姐穿上一件笨重、长及地面的棉外套，拉上拉链，标签上说，气候学家在北极测试过它的保暖效果。

"看着不错哟，阿黛尔小姐。"

"我是想要拈花惹草吗？在剧场后门等着我的尽是病菌口水。告诉杰克我回家了。"

"他在前面——你自己跟他讲！"

"我往这边走。"

"你知道有个说法吗，在你的屁股和脸之间做出选择？"

阿黛尔小姐用肩膀抵着防火门，将门顶开。她在冰冷的楼梯井听到那句点睛之语。

"总有一天你肯定得在两者间做一选择。"

*

除了上班要去那儿以外，阿黛尔小姐尽量不与东城有更多瓜葛。自一九九三年以来，她一直住在位于第十大道和第二十三街相交处的一间阳光充足、租金受管制的单室公寓，没搬过家，她喜爱城西，因为这儿与水和光相连，喜爱这儿华丽的画廊和千篇一律的雄伟公寓楼，由银行家和名流出资兴建的高线公园，它们给人的确定和富有感。

但再往南呢？冷清萧条。大白天更是一副惨象。破败的旧建筑鳞次栉比、杂乱无章，样貌丑陋的学生，臭烘烘的披萨店，熟食店，纹身店。最教阿黛尔小姐受不了的是过气的变装皇后兴致勃勃地高谈昔日的好光景坏光景。那些银行家至少并未想要持刀强奸你或向你兜售劣质的迷幻药。接着，一过了格林威治村，一切变得莫名其妙。操，这些名字蠢到家的弄堂小巷！此外，要在眼下的寒风中用谷歌搜索一处地址——脱去手套，戴上眼镜，摸出该死的手机——想想就觉得太麻烦。不，阿黛尔小姐怒气冲冲地在里文顿街上走来走去，谁敢抬头看她，她就瞪那人一眼。她跨过路缘旁一摊冷冰冰的黄色液体，里面冻着三个硬纸板做的盘子。什么破地方啊！让市政府把东六街以南的房子都拆掉重建吧，编上号，使之合乎逻辑常理，引进豪华酒店——不止一两间，而是一大堆。不要半士绅化——贯彻到底。别再保留这些老古董垃圾。阿黛尔小姐有权发表她的看法。在一个城市住了三十年，赋予人这项权利。既然，事到如今，她的美貌不再，她有的仅剩她的看法。这些意见和看法是她唯一能给予人们的。

每当她令人失望的双胞胎弟弟德温屈尊打电话来——电话那头的他有三个孩子和一条拉布拉多贵宾犬,特别在意食物是否有机,生活在一个名叫马林县的地方,那是一个由自由派、黑人和梦遗组成的幻想世界——阿黛尔小姐决意收集起她辛苦得来的种种看法,向他一吐为快。"我真希望他能永远当市长。永——远。我想有个像他这样的男朋友。我想有个像他这样的爸爸。"或是:"他们应该把压裂开采推广到全国,开采个痛快。这样我们就发达了,和余下的你们这些嗑药、负债累累的笨蛋划清界限。是你们拖了我们的后腿。"她的弟弟指责阿黛尔小姐年纪大了变得右倾。或更准确地讲,是她了断了各式各样的激情——包括政治的。事实上,她中意士绅化的地方即在于此:去除一切激情。

退一步讲,剩下的人里有谁值得心潮澎湃的?她曾喜欢过的英俊少年,个个都已搬去布鲁克林、泽西城、火岛、普洛温斯敦、旧金山或入了土。事情因此变得简单。工作、薪资、公寓、《纽约时报》花样繁多的生活品味版、特纳经典电影频道、南希·格雷丝、床。砰的一声。或许看一集老《黄金女郎》的重播。看点《唐顿庄园》。她每天重复那样的生活,难得有打破常规的时候,像是不得不顶着受极地涡旋影响的天气,心急火燎地穿过市区,去买一件新的紧身褡。乖乖,这冷得哟!脚趾冻得失去知觉,她拦住街上一对瑟瑟发抖的年轻夫妇。结果是英国游客;一无所知,用手肘轻推彼此,笑眯眯、欣喜地看着她的喉结,好像她是他们旅游指南里的人,紧挨着以杯子蛋糕而出名的木兰甜品店和不穿衣服、被称为"赤裸牛仔"的纽约街头艺人。他们有张地图,但她没戴眼镜,什么也看不清。他们不知道他们所在的位置。"抱歉!注意保暖!"他们喊道,匆忙离去,用他们穿的乐斯菲斯牌外套捂着嘴咯咯傻笑。阿黛尔小姐试图牢记，她与以前不同，现在她对所有游客钟爱有加，怀念布隆伯格，喜欢中城区、中央公园的老马、每家普拉达专卖店和《狮子王》，不管在哪儿，只要看到杯子蛋糕，都愿意排队购买。诚然，为什么不呢，她着迷于那种种狗屁玩意儿。所以对那些英国小子献上你最迷人的微笑吧。穿着有毛皮翻边、鞋跟不显眼的切尔西短靴，用模特走台步的方式转过街角。不过一旦到了没人看得见的地方，全部散架；那张笑脸，挺直的脊梁，整个人。即使你不胡来——即使当气温不是零下七度——在这座城市生活也非易事。需要拿出一定的毅力，把你的屁股擦干净。从何时起这样做让人觉得费劲而失去了乐趣？以前，部分的乐趣恰来源于此：购物。她曾多么喜爱买东西啊！那是生活的动力！现在，假如她一样鬼东西也不再买，她甚至不会——

克林顿胸衣商店。没有雨篷，只有一块硬纸板插在窗户上。阿黛尔小姐进门时，头顶有个铃铛发出丁零声——一个名副其实的铃铛，吊在一根拉线上——接着她发现自己置身于一间又长又窄的屋内——实际是条走廊——左手边有个柜台，远处尽头用帘子隔出一个小间，用来保护隐私。显然，这地方缺少很多女孩子认为商场该有的东西——背景音乐、衣架、货架、镜子、灯光、价格标签、等等。到处是胸罩和紧身胸衣，层层叠叠，装在千篇一律的白色硬纸板盒里，盒子堆得直逼天花板。那地方的墙像是直接用这些盒子搭起来的。

"下午好，"阿黛尔小姐说，优雅地、一个手指接一个手指地摘掉手套，"我想买一件紧身褡。有人在吗？"

一台收音机开着；听众热线节目——音量大得出奇。某调幅频道在播送来自一个遥远国度的最新报道，那儿的人讲话带有浓重的喉音。东欧、俄罗斯的什么地方？阿黛尔小姐不是语言学家，也非地理学家。她解开外套，从自己的喉咙深处发出一个声音，眼神尖锐地看着推测应是店主的那人。他丧气地坐在柜台后面，愁眉苦脸地听着这广播，犹如那些窝囊无能的出租车司机一样，你看见他们俯在方向盘上，收听的永远是来自家乡的坏消息。那样做有何意义，阿黛尔小姐怎么也想不通。把那吵死人的东西关小一点！眼睛盯着路！你既已离开那个地方，就随它去吧！天晓得，自阿黛尔小姐从倒霉的佛罗里达州出走的那日起，她就基本没想起过那鬼地方。

他到底能看见她吗？他背朝向她，用一只手托着头。看上去和阿黛尔小姐差不多年纪，但老多了：浮肿的脸，超重约六十磅，留着胡子，像是信教人士，全神贯注地对着那收音机。与此同时，在往里走的某个地方，帘子后面，阿黛尔小姐能听见有两个女人在讲话：

"她刚满十四岁。你怎么不理这位和蔼的女士？她在想办法帮你呢。她刚满十四岁。"

"所以她还会长大。我们要考虑到那一点。温迪——你能赶紧拿一件 32B 大小的波娃牌胸罩给我吗？"

一个小不点儿的亚洲姑娘从帘子后面出来，径直走向柜台，消失在柜台下面。阿黛尔小姐再度转向店主。他把两个拳头像烫手山芋似的叠起来——下巴搁在拳头上——他侧着脑袋，明显陶醉在后来被阿黛尔小姐称作"大叫大嚷"的播报中，难道不是吗，那声音传遍整个店堂？简直让人无法置若罔闻？她感觉自己走进的不是一家商店，而是某个陌生人唾沫横溢的嘴。**愤怒与公义**，这广播里喊道——不管具体用的什么字眼——**愤怒与公义**。阿黛尔小姐双臂交叉，放在胸前，好像一面盾牌。别来这个声音——别是今天。哪天都不行——别让阿黛尔小姐听到。三十年前，在她抵达纽约之际，她已学会怎么不让自己变作一根盐柱[1]，并且对发现自己在无人问津的 A 大道流落了四十天——或四年——丝毫不感到一点讶异。虽然二十年来，她明白了一个道理，这世上没有哪儿能完全免受愤怒与公义的声音的威胁——就算新生的纽约也做不到——但阿黛尔小姐仍十分谨言慎行，尽可能避开这些声音。（星期天，她穿着一件剪去袖子、印有"汝当"字样的 T 恤衫去购买食物和生活用品。）本来她可能已经被爸爸用手按着后脑勺，一边在她耳旁祈神赐福，一边把她沉入家乡的水中，完全浸没，不过她在一有能力反抗之际就跳出了那条浅水沟。此刻，她将在一家胸衣商场遭到伏击吗？

"一件紧身褡，"她重复了一遍，抬了抬她惹人注目的眉毛，"能有人应一声吗？"

"**温迪，**"帘子后面的那个声音吼道，"你可以招呼一下客人吗？"

那位女店员像木偶似的从底下迸出来，胸前抱着一把折叠梯凳。

"在找波娃胸罩呢！"那姑娘大声说，转身背向阿黛尔小姐，打开折梯，开始往上爬。与此同时，那位店主朝帘子后面的女人大声讲了些什么，那个女人，学他的口吻，大声回敬了几句。广播里的声音激昂起来，像是气到失语。

"照惯例，零售业——"阿黛尔小姐开口道。

"对不起——马上来。"那个姑娘说，她下了梯凳，腋下夹着一个盒子，飞跑过时险些撞到阿黛尔小姐，再次转入帘子后面没了人影。

阿黛尔小姐深吸一口气。她从柜台前往后退了几步，摘下头上的猎鹿帽，把一绺紫色的刘海掖到耳后。数星期以来，她的脸第一次

1.《圣经·创世记》中，耶和华毁灭所多玛城时，告诫罗得与家人逃亡途中不得回头。罗得的妻子不顾警告，回头看后变为一根盐柱。

因出汗而感到刺痛。她正打算转身离去，让那小铃铛摇啊摇，摇到从该死的绳子上掉下来为止，就在这时，帘子拉开，一个贼眉鼠眼的女孩走出来，她的母亲用手臂搂着她。这对母女，谁也不是大美人。女孩脸上一副咄咄逼人的表情，极不情愿、拖拖拉拉地走着，像个囚犯，而那位母亲，看得出她至少在竭尽所能地维持局面。母亲满脸疲惫——而且看着太年轻，不像是孩子已十几岁大的人。或也许她的年纪正好。德温的孩子现在也都十几岁了。阿黛尔小姐几乎与总统同龄。这一切均无道理可言，但你仍得接受它们，继续生活下去，仿佛它们是这个世上最顺理成章的事。

"因为这个不同于手和脚，"帘子后面，一个热忱、活泼的声音解释道，"它有自己的生长规律。"

"太感谢你的建议了，亚历山大太太，"那位母亲说，用的是隔着屏风和神父讲话的口气，"麻烦的是这儿那么厚。可惜，我们家的女人都长成这样。弧形胸廓。"

"不过其实，你知道——有意识（思）的是——你和她的弧度完全不一样。你发现了吗？"

帘子拉开。讲话的原来是个又瘦又高、腰肢纤细的妇人，五十出头，长了一张修长、仁慈的脸——带酒窝、自得其乐——和一头浓密、茂盛的栗色头发。

"量体裁衣。那是我们这儿做生意的方式。每个人需要的东西不同。大商店不会那样为你考虑。个别关照。伯曼太太，可以给你一个忠告吗？"那位年轻的母亲抬头看着脖子修长的亚历山大太太，像鸭子仰慕天鹅一般。"时刻穿着，别脱下来。相信我，我的经验之谈。我现在自己就穿着呢，我每天穿。在我那时候，出了医院，他们便让你把这东西穿上！"

"呀，你看起来身材好得不得了。"

"障眼法。记住，你需要做的就是确保那几条带子固定到位，像我教你的那样。"她转向那个闷闷不乐的女儿，把指尖放在那孩子歪斜的肩膀两侧。"现在你是大姑娘了，一个青春美貌的淑女，你——"可说到这儿，她的话再度被柜台后面传来的声音打断，一场唇枪舌战，用的是蛮横、神秘的措辞，结果——令阿黛尔小姐称心的是——最后胜出的似是这位妻子。亚历山大太太吸了一口气，驱除杂念，继续说道："所以你得保持淑女的姿态。对吧？"她抬起那孩子的下巴，把手在她的脸颊上放了片刻。"对吧？"那孩子不由自主地挺直身体。瞧，有些人在努力帮你减轻成长路上的障碍——阿黛尔小姐这么看——而其他人则只想要在每个该死的转角堵住你。想起可怜的妈妈，用手包住一个尖锐的桌角，以免她某个刚学会走路的孩子经过时撞破头。那种出于本能的、不假思索的呵护。既然阿黛尔小姐已经大到要穿中年妇女的衣服，她开始察觉出自己对中年妇女新生的这份好感，远比过去她对年轻女子的爱恋更深，那时的她仍穿得进歌舞女郎的热裤。她穿行在这座城市，被这种一柔一刚的奇特组合所震动。在商店、餐厅、药房排队时，她每次总产生同样的疑问。看在上帝的分上，为什么还不跟这个混蛋离婚呢？女士，你的孩子已长大成人。你有你自己的信用卡。你是有生命力的那一方。你难道看不出他不过是一件家具吗？现在不是一八五〇年，这儿是纽约。跑吧，宝贝，跑吧！

"等候的是哪位？有什么可以为你效劳的？"

母女俩低头跟随那位女店员到柜台旁，去结账。那台收音机，在经过短暂的停顿后，重新响起，将愤怒升级。阿黛尔小姐呢？阿黛尔小姐如向阳的花朵般转过身。

"哦，我要买一件新的紧身褡。牢一点的。"

亚历山大太太露出灿烂的笑容："请往这边走。"

她们一同踏入更衣区。可正当阿黛尔小姐伸手要拉上她们俩身后的帘子时——把女士与那些混蛋分隔开——夫妻间交换了一个眼神，亚历山大太太抓着那块破旧的红色天鹅绒帘布，手的位置略高于阿黛尔小姐，不让帘子拉上。

"稍等——我叫温迪过来吧。我其实有点事得去和我的丈夫商量。你没问题吧？这帘子是为了遮羞。你怕羞吗？"

她有一种独特的魅力。她的脸表达出不同层次的情绪：眉毛上扬的嘲讽、紫罗兰色眼睛里的哀伤、嘴角一撇的诡秘。她看起来像一位老牌的电影明星。但是谁呢？

"你是一位妙人。"阿黛尔小姐说。

"活得像我这样，只能教人笑话——马库斯，对不起，我马上来——"他正对她咆哮着——志在必得。不加掩饰地要求她立刻停止与那黑人讲话。亚历山大太太无奈，从更衣室探出身，讲的话大致是：你怎么啦？没看见我在这儿忙吗？然后挤出一丝笑容，转回身招呼她的新闺中密友，阿黛尔小姐。"可不可以不由我亲自为你量尺寸？温迪一会儿就能来。我实在得去处理一下——不过听着，假如你赶时间的话，别慌，我们的目测和拿尺子量一样准。"

"我能且把我原来那件给你看一下吗？"

"请便。"

阿黛尔小姐拉开她手提包的拉链，抽出两块碎片。

"哎呀！真教人心痛啊！是在这儿买的吗？"

"我不记得了。有可能。但恐怕是十年前。"

"有道理，现在我们不卖这样的了。十年啊十年。时过境迁。里面穿什么呢？无肩带的？短的？还是长的？"

"都穿。我是想要遮住一部分这个。"

"不管什么客人，我们一视同仁。嗯，那个是我的工作。"她凑上前，嘴巴快贴到阿黛尔小姐的耳朵，"现在我悄悄问你。你上面穿什么？你放心告诉我。是裸着还是羽毛装？"

"不是前一个。"

"明白了。**温迪**！我要一件未来牌和一件蜂后牌的紧身褡，前面系扣，四十六号。四十八号的也各要一件。马库斯——对不起。过一会儿，好吗？把派拉蒙的那款也拿进来！交叉型！有些人，你问他们这样的问题，他们会生气。事事让他们生气。我本人不相信'政治正确'，"她说，字正腔圆，认真、至诚地道出那个短语，仿佛是她刚首创的措词，"我心直口快。想到什么说什么！行，等温迪来时，把这儿以上脱光，试一下每件紧身褡，扣到最紧一档。假如你想勒出分明的腰线，坦白讲，会有点痛。不过我猜你早已知道那一点。"

"洛丽泰·扬[1]，"阿黛尔小姐在亚历山大太太朝柜台走去时从她背后喊道，"你长得像洛丽泰·扬。知道她是谁吗？"

"我知不知道洛丽泰·扬是谁？请恕我失陪一下，好吗？"

亚历山大太太举起双臂，对她的丈夫说了几句话，阿黛尔小姐唯一能完全听懂的部分是重复了三遍的"洛丽泰·扬"一词。对此，这位丈夫发出一种介于叹息和咕哝之间的声响。

"请帮我一个忙，"亚历山大太太又转身对阿黛尔小姐说，"请把那个名字写下来，把它投入信箱——这样他可以反复阅读。他喜欢

---

1. 洛丽泰·扬（Loretta Young，1913—2000），美国女演员，好莱坞三四十年代的明星，曾获奥斯卡最佳女主角奖。

阅读。"

　　帘子拉上。但没有完全拉严实。留出一道一英寸的口子，透过它，阿黛尔小姐观看了一部无声电影——所谓无声，指的是一切全凭手势和动作。这部片子演的是婚姻，除了采用的语言不同以外，其他地方与她和德温小时候透过她父母卧室门上的裂缝所看到的一模一样。她既惊骇又着迷，看着那位丈夫振振有词地表明他恶毒的看法，不管具体是什么（你让这个家蒙羞？），亚历山大太太显然反对（我为这个家付出了一辈子？）；她看着他变得凶狠起来（你应当感到羞愧？）她则越发冷嘲热讽（对啊，因为你是这么一个好家伙？），他们的话音与收音机（汝不可？）竞相着，达到一种超乎常理的戏剧化程度。阿黛尔小姐竭力把那些话音划分成事后她也许能上网搜索的单词。要是有一个翻译陌生人吵架内容的应用程序该多好啊！很多人会购买那个应用程序。阿黛尔小姐在《纽约时报》上读到过，这样一个应用程序——仅是对这个应用程序的构想——可以让人赚八十万美元。（阿黛尔小姐一直认为自己是个有很多点子的人，委实是个很有创造力的人，可惜尚未真正找到她的用武之地；尤其近年来，她时常疑惑，世间万物和技术到底是不是恰恰损害了她拥有已久的那种创造才能。不过这些才能接二连三地惨遭忽视，先是被她的父母——他们想要一对双胞胎传教士儿子；后被她的老师，他们只把她看作基督教大学里一个离群索居的黑人学生，以色列人中唯一的埃及人；最后是在纽约，人们看重她的颧骨和她的屁股胜于她的天赋。）想知道阿黛尔小姐会怎么花这八十万美元吗？她会在炮台公园区买一间单室公寓，整天什么也不干，只看着直升机飞过水面。（若认为阿黛尔小姐用八十万美元在炮台公园区买不到一间单室公寓，那是你蠢。要说她有什么天生的本领，那本领在房地产上。）

阿黛尔小姐由于使劲加焦急而出汗，紧身褡卡在她的腰间拉不上去，那腰身，不知怎的，已变得和德温的一样。她笨手笨脚地调整结实耐磨的钩眼和钩子。她发现自己喘着粗气。**恶心**，广播里吼道。滚出我的店！那男人嚷着，十有八九是。行行好吧！那女人恳求道，大概是。那百分之三十额外来自德温这猪头的赘肉恰好复制了她本人原先娉婷的腰上。不管她怎么拉，就是没办法塞进去。费劲死了！她能听见自己发出古怪的声响，近似于哼哼。

"嘿，怎么样？"

"第一件不行。正在试第二件。"

"且慢，别试了。稍等。温迪，进去一下。"

转眼，那女孩来到她跟前，很长一段时间里，谁都像这般靠近阿黛尔小姐赤裸的身体。她一言不发，一只小手朝那件紧身褡伸来，抓住一侧，使出一股惊人的力气，把这侧拉向另一侧，直至两边碰在一起。那女孩点点头，这个动作是示意阿黛尔小姐把衣服扣起来，那女孩则像举重运动员似的蹲下，连续、急促地喘了好几口气。帘子外面，争吵声再起。

"呼吸。"女孩说。

"他们老是那样互相讲话吗？"阿黛尔小姐问。

女孩抬起头，一脸的不解。

"现在行了吗？"

"很好。谢谢。"

那个女孩低头出去。阿黛尔小姐审视自己身体的新曲线。再令人满意不过。她转向一侧，对胸口三天没刮的毛茬蹙起眉。冬天，某些修整毛发的习惯变得难以保持。她从头顶套上衬衫，想从相反的角度看一看穿上衣服后的效果，在转身过程中，又瞥见那位丈夫，仍在斥责亚历山大太太，但此刻用的是气势汹汹的低语声。就在同一刻，他似乎察觉到有人在看他，抬头望向阿黛尔小姐——目光没有高至与她的齐平，而是从颈部往下，打量她身体的线条。**公义**，广播里喊道，**公义与愤怒**！阿黛尔小姐感觉像有一枚钉子正往地板里钉。她抓着帘子，猛地把它拉拢。她听见那位丈夫陡然结束谈话——她自己的父亲也是那样——不讲理由也不费唇舌，纯粹凭音量。店门上方的那个小铃铛响了。

"莫莉！见到你可真高兴！小孩好吗？我刚在招呼一个客人！"亚历山大太太修长、白皙的手指捏着天鹅绒帘子的边缘。"我可以进来吗？"

阿黛尔小姐拉开帘子。

"啊，不错呀！瞧，现在你凹凸有致。"

阿黛尔小姐耸了耸肩，热泪盈眶："这件可以。"

"好。马库斯说这件会合身。相信我，他可以在五十步开外辨识出一件紧身褡的尺寸。他至少有那点本事。那么，假如这件合适，另一件也应当合适。何不两件都买呢？这样，你可以有二十年不用再来啦！划算。莫莉，我这就来。"

店里冒出乱哄哄的一群孩子，大大小小，还有两名像是当妈的女子，她们正与那位丈夫打招呼，并得到热情的回应，彼此微笑，互相亲吻两边脸颊，等等。阿黛尔小姐拾起她臃肿的外套，开始重新为自己做好御寒准备。她注意到亚历山大太太的丈夫越过柜台，与两个年幼的孩子嬉戏打趣，抚弄他们的头发，他的妻子——她更用心关注的对象——站在一旁，观看这套虚情假意的动作，面带笑容，仿佛两人之间先前发生的事统统不算什么，只是一点家庭小纠纷，一场为了账目或诸如此类东西的无聊口角。哦，洛丽泰·扬啊。你要怎么骗自己都行。家庭第一！这个说法在阿黛尔小姐听来，如此宽泛，如此空洞；属于那类方便人们把任何一切他们无法独自应付的事丢进去的大坑。一个让懦弱之人藏身的洞穴。如此一来，你可以用双手掐着你妻子的颈部，你可以让你的宝贝儿子吓得畏缩在角落——可当门铃响起时，遂变成喝茶和"家庭第一！"，把那些教友当作你的观众，还有妈妈做的蛋糕，处处是微笑。这两个是我的儿子，德温和达伦。一天里两张面孔，持续了十七年。你一旦见过幕后的情形，就再也无法以同样的心情看幕前的戏。

阿黛尔小姐低头瞪视一个靠在柜台上的十几岁女孩，女孩这下想起自己的礼仪，把目光转开，闭上嘴。"我能问你一个问题吗？"她对走过来的亚历山大太太说，后者正在把两件紧身褡叠好，放回各自的盒子里。"你有孩子吗？"

"五个呢！"

阿黛尔小姐感觉浑身无力。她曾在《纽约时报》上读到，至二〇五〇年，单人家庭将在这座城市里占大多数。不知怎的，这条消息包含着负面意味。

"我的天哪。"她说。

"没什么，"亚历山大太太说着，若有所思地摸摸下巴，"绝对跟他无关。我马上就好，萨拉！已经这么——"她收住话头，粗暴地呵斥起她的丈夫，她的丈夫也对她报以呵斥，接着，她完全像没事人一般继续前面讲的话。"久。好久呀！看这几个姑娘！她们现在都那么高啦！"

阿黛尔小姐接过两件紧身褡，伸手去掏她的钱包。

"对不起，可我有否给你带来某些麻烦？我的意思是，你和你的……"

两个女人同时望向那位丈夫，他没有抬头，因为他正忙着调节收音机的天线，原本的嘶吼声变成了噼里啪啦的杂音。

"你？"亚历山大太太说，那一脸无辜的表情，让阿黛尔小姐忍不住想当即颁奥斯卡奖给她，可惜现在还只是二月。"你想讲什么，麻烦？"

阿黛尔小姐莞尔一笑。

"你应该去当演员。你可以给我热场子。"

"哦，我想你不需要很多暖身——即便在这样的温度下也不用。别，钱不是付给我，钱付给他。"一个小孩子从亚历山大太太身旁跑过，头上顶着一件粉红的胸罩。她不置一词，拿起那件胸罩，从中间对折，把肩带整齐地塞进罩杯里。"你有孩子吗？"

阿黛尔小姐大吃一惊，被这个问题问得全然乱了阵脚，她不知不觉讲起实话来。

"我的双胞胎弟弟——他有。他有孩子。我们是同卵双胞胎。我想他的孩子也好比是我的孩子。"

亚历山大太太把两只手插在她娇小的腰上，摇摇头。

"哟，那可真有意思。你知道，我以前从未那样想过。基因是一样神奇的东西——神奇呀！老实跟你讲，我如果不是做胸衣生意，肯定去研究基因。希望下回如愿以偿，你说呢？"她苦笑了一下，朝柜台望去。"他整天听他的讲座，他受过教育。我完全没那个机会。哎，就这样——我们幸福吗？"

你幸福吗？你真的幸福吗，洛丽泰·扬？若不幸福，你会告诉我吗，洛丽泰·扬，主教之妻？哦，洛丽泰·扬啊，洛丽泰·扬！你会让人知道吗？

"莫莉，别再讲了——你需要什么，我一清二楚。很高兴认识你，"亚历山大太太一边转头对阿黛尔小姐说，一边将她的新客人带到帘子后面，"你去我丈夫那边，他可以为你结账。祝你愉快。"

阿黛尔小姐走到柜台旁，把她要买的紧身褡放在柜台上。她仔细盯着亚历山大太太的丈夫的脑袋一侧。他拿起第一个盒子。他看着它，仿佛是头一回见到一个装紧身褡的盒子。他慢吞吞地在他面前的一本簿子上写了点什么。他拿起第二个盒子，重复上述步骤，但动作益发不紧不慢。接着，他头也没抬，把两个盒子往他的左边推去，直至落到那个女店员温迪的手中。

"四十六块五十分，"温迪说，但她似乎语带犹豫，"嗯……亚历山大先生——派拉蒙这件是不是有折扣？"

他沉浸在自己的世界里，呆呆地注视前方。温迪用一根手指蹭蹭老板的衣袖；这个动作似乎让他回过神。他忽然趾高气扬地在凳子上挺起身，拿拳头重重地捶了一下柜台——正如爸爸驱走早餐桌上的魔鬼一样——旋即又开始冲他的妻子嚷嚷，像是犀利的质问，他反复叨叨那个问题，这些男人总是那样誓不罢休。阿黛尔小姐竖起耳朵想听懂其中的内容。比如：你现在幸福吗？或：这样的生活是你想要的吗？或：瞧你都干了什么？瞧你都干了什么？瞧你都干了什么？

"喂，喂，"阿黛尔小姐说，"喂，喂，先生。假如你真的那么厌恶我？假如我真的那么令你不齿？你干吗要收我的钱？哼？你打算收我的钱吗？我的钱噢？要收的话，拜托：请看着我的眼睛。就当帮我一个忙，行吗？看着我的眼睛。"

一对蓝色的眼睛非常缓慢地抬起，与阿黛尔小姐戴着绿色隐形眼镜的眼睛对视。那双眼睛的蓝出人意料，宛如某只在其他方面毫无引人注目之处的蝴蝶露出翅膀内侧的斑纹，黑色的睫毛湿润、修长、颤动着。他的声音也正与他妻子的相反，缓慢、从容，仿佛在选择使用每个字前均经过斟酌，以求不朽。

"你在跟我讲话吗？"

"是的，我在跟你讲话。我在谈客户服务。客户服务。有听过吗？我是你的顾客。我可不愿被视如敝屣！"

那位丈夫叹了口气，揉揉他的左眼。

"我不明白——我对你说了什么吗？我的妻子，她对你说了什么吗？"

阿黛尔小姐把重心挪到臀部另一侧，脑中闪过撤退的念头。毕竟，有时是会出这样的事——经验告诉她的——即，在长时间不与人打交道后——有时的确会发生这种情况——在试图破译他人的暗号时——有时会误解——

"听着，你的妻子亲切和善——她懂礼貌，我不是在讲你的妻子。我在讲的是你。听听你的……我不知道怎么——你的仇恨言论——响彻这家商店。你可能认为我不是圣人，老兄，也许我真的不是，但我在你的店里，带着正当、老式的美国人的钱，我要求你尊重那一点，尊重我。"

他开始揉他的另一只眼睛，同样的动作。

"原来如此。"他最终说。

"对不起，你说什么？"

"你听得懂这广播里讲的是什么？"

"什么？"

"你会讲你在广播上听到的这种语言？"

"我无需会讲这种语言也听得懂。你为什么把它开得那么响？我是顾客——不管讲的是什么，我不想听那种鬼东西。我不需要翻译——我可以听出其中的语气。别以为我没发现你看我的眼神。你想告诉你的妻子那个吧？在你们透过那道帘子偷窥我的时候？"

"起先你说我不正视你。现在又变成我在看你了？"

"有什么问题吗？"亚历山大太太说。她从帘子后面探出头来。

"我不是白痴。"阿黛尔小姐说。她用手指弹了一下收音机的外壳。"我能感应到这种鬼话。你和我都知道有办法可以不看着一个人又同时在看他们。"

那位丈夫合拢双手，其动作介于祈祷和发火之间，他越过阿黛尔小姐的头，一边和他的妻子讲话，一边冲她摇手，这样做，也是为了不让阿黛尔小姐明白他们在说什么。

"喂——讲英语。英语！别不把我放在眼里！说英语！"

"让我翻译给你听吧：我在问我的妻子，她做了什么惹恼你的事。"

阿黛尔小姐转头，看见亚历山大太太把持住自己、摇晃身子，这时的她不大像洛丽泰，更像在德园红土地上起誓的费雯·丽。

"我不是在讲她！"

"先生，我对你不客气、不友好吗？先生？"

"首先，我可不是先生——你生活在这座城市，请对正当的人和物使用正确的称呼，行吗？"

阿黛尔小姐的性子，一如既往的火暴。她素来如此。即便在她变成阿黛尔小姐以前，在她仍是小达伦·贝利时，她已经有这个毛病。每当遇到情况不明时，容易大发脾气，好像劣质的烟火装置，朝散乱、不可预测的方向炸开来，伤及无辜的旁观者——不知为何，经常是女人。有多少女人曾站在阿黛尔小姐的对面，脸上的表情与此刻亚历山大太太露出的一模一样？从她的母亲开始，队伍一直延伸到天边。以前，唯一让阿黛尔小姐觉得有道理的末日审判，是所有受过伤、希望落空过的女士排成一行——一支感情受伤的歌舞编队，一个接一个，向你介绍你的家史，一遍又一遍，永永远远。

"我得罪你了吗？"亚历山大太太问，她的脸上泛起红晕。"不，我没有。我不干涉别人的生活。"

阿黛尔小姐环视她的观众。店里的人个个停下他们手里正在做的事，陷入沉默。

"我不是在和你讲话。我在试图与眼前这位先生讲话。请你可否关掉那个收音机，让我能与你谈一谈？"

"行，既然如此，你现在可以走了吧。"他说。

"其次，"阿黛尔小姐一边说，一边掰着手指头数起来，可其实列举不出什么，"容我说明一点，虽然外表像，但我不是阿拉伯人。嗯，我知道我看起来像阿拉伯人。长鼻子。肤色发白。人们总是把事情搞混。所以你可以讨厌我，没问题——但你应该弄清楚你讨厌的是谁，出于恰当的理由而讨厌我。因为现在？你的恨意投错了方向——你和你听的广播枉费了你的恨意。你若想要讨厌我的话，把这份恨意归档在'黑'开头的词语下。见于非裔美国人。得。"

那位丈夫皱起眉头，手里抓着他的胡子。

"你这人简直神志不清。老实讲，我才不管你是什么人呢。这样的谈话让我觉得无聊透顶，真是的。"

他仿佛知道无聊最能击中阿黛尔小姐的要害！以前的她一直如此漂亮、如此迷人——以前的她，从未体验过矛盾的心情！

"哦，我让你觉得无聊了？"

"说实话，是的。而且你还在无理取闹。所以现在，我客气地请你离开。"

"相信我，我可不想待在这儿。我恨不得赶紧走，别再听到那噪音。但不把我操蛋的紧身褡给我，我不会走。"

那位丈夫终于屁股一滑，从他坐的凳子上站了起来。

"请你马上离开。"

"谁来赶我走？你不准碰我，知道吗？法律规定你们不能，知道吗？我肮脏龌龊，不是吗？所以谁会来碰我？这儿有身份低微、遭剥削的移民打工小姐吗？"

"喂，去你妈的，种族主义混蛋！我是国际学生！纽约大学的！"

原来你，温迪？阿黛尔小姐遗憾地看着她原本可能的盟友。温迪此时站在梯凳上，足足高出她一个头，她借此机会，用一根手指指着阿黛尔小姐的脸。烦死人了。

"算了，把我该死的紧身褡给我吧。"

"先生，很抱歉，但请你务必马上离开，"亚历山大太太一边说，一边朝阿黛尔小姐走来，她优雅的手臂环着她的小蛮腰，"这儿有未成年人，你讲的话，儿童不宜。"

"你再叫我一遍'先生'看看，"阿黛尔小姐说，这次是冲着亚历山大太太，但眼睛仍看着那位丈夫，"我会把那台收音机当即扔出这该死的窗户。别把我当成是反犹分子或什么狗屁……"阿黛尔小姐气势减弱。她有种灵魂出窍的感觉，她在看着大银幕上的自己，在她以前常去的切尔西区的某家影院，和一位早已不在人世的、心爱的男友，那位男友热衷于对着银幕大吼，那时这么做甚至蔚成风气。那时，年轻人依旧去电影院看老电影。哎，要是那男孩还活着该多好！要是此刻他能看见这一幕下的阿黛尔小姐该多好！他难道不会对她的表现发出喊叫——他难道不会大叹一声，然后捂住眼睛！他在看到海迪或阿娃做出糟糕的人生选择时是那般反应，不管你吼得多响，这些选择无一可以更改。那个男孩现已不在。他不会大吼或把他的头靠在阿黛尔小姐的肩上，没有人取代过或可以取代他，你结识的这些新潮的男孩，觉得老电影"做作""看不下去"，德温有他自己的生活——他的孩子，他的妻子——出了第十街，再无家。

"这个问题很简单，"阿黛尔小姐声明，"礼貌。礼——貌。"

那位丈夫摇摇头发蓬乱的脑袋，轻轻笑起来。

"你礼貌吗？这样是礼貌吗？"

"但这件事的起因不是我——"

"不对。起因是你。"

"你现在搞得好像我是疯子一样，但从我踏进这儿的那刻起，你一直设法让我觉得你不欢迎像我这样的人出现在这儿——你干吗连这个也要否认呢？至今你都不肯正眼瞧我！我知道你讨厌黑人。我知道你讨厌同性恋。你以为我不知道吗？我一看你就知道了。"

"可你弄错啦！"那位妻子喊道。

"别，埃莉诺，也许她是对的，"那位丈夫说着，伸出一只手阻止妻子继续讲下去。"也许她能看穿男人的心。"

"你懂什么？显然，有你在场，这位女士无法讲出她的心声。我不想再讨论这个话题，一刻钟也不想。我的钱在柜台上。这儿是二十一世纪的纽约。这儿是美国。我付钱买我的东西。把我的东西给我。"

"带着你的钱，离开。我礼貌地要求你。再不走我打电话叫警察。"

"我相信他会走的，不会生事。"亚历山大太太预言道，她用牙齿撕咬着食指的指甲，可结果不然，阿黛尔小姐的脑中又出了个岔子，她从亚历山大太太的丈夫手中直接夺过那件紧身褡，踢开克林顿胸衣商店的门，门大开，她沿着寒冷刺骨的街道迅速逃离现场，踩到一块冰，滑倒了，结结实实地跌了个嘴啃泥。接着，哎，固然，她有几分悔意，但在当下，没有太多别的选择，只能爬起来再跑，一道深长、触目惊心的大口子，流着血，划破她的整张左脸颊，假发歪了，在每个与她擦身而过的人看来，她必定像极了贝尔维医院的精神病患者，一个头脑发热、疯疯癫癫、行为失常的人，一个从过去这座被传为佳话的城市里出来的老派变态之徒——可是，每个走在这些街道上的人都不认识阿黛尔小姐。他们不明就里，压根儿不知道她是从哪里出来，也不知道她用肮脏的绿色美元钞票，付清了手里货品的账，她拿的仅是理当属于她的东西。

/

情绪

时间

　　没有林地或类似森林的景色，却委实让人觉得置身于某片东西之中，最后恍然大悟，可惜这一领悟仅是意识到在成年人肉身的牢笼内潜藏着完全相同的孩童的一面。到我们千辛万苦适应了一月时，实际已是四月，全年都是如此——一连串月份，一次跳四个月——所以跳三下便到了年底，新年前夜，每年都可悲地佯装大家也许真可以有所作为。接着又是四月。狗在默瑟街的黄水仙上拉屎，(麦克杜格尔街的)玛丽·贝克·埃迪仍未在日记里写下与(住在第十五街和第六大道相交路口的)悉达多的任何一次晚餐约会。启蒙何去何从？你看见茫然的都市人，打开街角那蓝色、闲置、无人喜爱的大邮箱，他们的脑袋直接伸进滑槽，脚离地悬着，他们在寻找某些他们失去了的东西，即，他们九岁那年的夏天，从十七世纪初一直延续至朝鲜战争前后。一个天大的笑话啊！在这股莫名的不安里根本没什么新鲜的东西：晚期资本主义的全体公民，对时间的感受毫无差别。剧终。

罗伯塔

老朋克到底怎么了？爱追根究底的头脑想要知道。好吧，我可以提供非常准确的答案，因为我恰巧认识罗伯塔，她曾在著名的朋克夜总会 CBGB 当过检票的娘们儿。罗伯塔认识哈里小姐，后者认识雷蒙斯乐队的人——他们经常交换衣服穿——那时，她在东村拍的那个圈子的照片是最棒的，昔日，她肯定也享用过一点海洛因，但我谅你不敢问她。现在她是遛狗公园的女王，我们热情地招呼她！我们也招呼她的小哈巴狗伊迪，它和人一起坐在长椅上，身上裹着一块貂皮披肩，不以为然地看着它自己的同类。老朋克都一身黑衣，衣服上全是狗毛，头发染成紫色，他们真心受不了蠢货，他们对各种非同凡响的事无动于衷，他们把哈巴狗当作神，置于人和歌迷之上，可怜的歌迷只能去拜祭一下坟墓，看看休斯敦街的壁画。老朋克成功地活了下来，仍住在租金受管制的公寓。他们不抱怨这座变化中的城市，因为只有装腔作势的人才那么做。他们参加哈巴狗聚会。他们不带嘲讽地欣赏年老体衰的哈巴狗，套着自制的轮椅，拖着笨重的身躯满屋子走动。泛泛的嘲讽对老朋克毫无意义；他们视那样的嘲讽与血气、怒气、淡然之气和忧郁之气相去甚远。但是。假如布鲁克林博物馆真举办一场有关理查德·黑尔的展览，他们不会不屑于去。出乎意料地，琼·克劳馥的自传充当了私人的《圣经》。一边靠在床上看特纳经典电影频道，一边在全东村范围内举行夜间的礼拜式。不管播的是哪部电影，从头至尾，幸存在世的朋克一边抽着他们自己的大麻，一边用 WhatsApp 聊天软件互相交谈。"埃丝特·威廉姆斯出了什么问题？""外阴脱垂。"老朋克经历了各种聚会而没丢掉性命，现在他们更喜欢一个人的聚会。别幻想因为有人委托你再创作一套作品或眼下你有作品在切尔西区的某家蓝筹股[1]画廊展出，就会让罗伯塔觉得有丝毫的意义——她始终是一个检票的娘们儿。议事的主次如下：

1. 狗的魅力
2. 狗的心理
3. 狗的行为
4. 狗的兴致/情绪

做人一项在这张单子上排在很后面。克劳馥本人无法不带狗而穿过那道门。老朋克若没在扮装大赛中获胜——纵然是把四条不一样的哈巴狗打扮成坐在一叶紫菜上的寿司卷仍落败——他们会大怒，憋着一肚子闷气，将他们对华盛顿广场邻里协会之友的鄙视表露无遗。朋克值得称道的本质始终是无所畏惧，尤其不畏惧时间。不过连罗伯塔在看到长期陪伴她的鹦鹉普雷斯顿离开这个世界而往生时也有点惶恐失措，普雷斯顿去的那个世界是我们所有人将前往的终点，隐藏在珠帘后面，秘不可见，所有的漫画书、水烟袋、唇环和难看的刺青都存放在那儿。鹦鹉先于自己去世，这样还算朋克吗？

黑市

我对拉斐尔说，我说："我打算引用杜波依斯[2]的话来回应你。我

---

1. 指在某一行业占有重要支配地位、业绩优良的大公司股东。
2. 杜波依斯（Du Bois，1868—1963），20 世纪上半叶最有影响力的黑人知识分子。

打算讲讲：成为问题人物是什么感觉？"

拉斐尔说："讲得好，除非同时还有另一个问题：造成轰动是什么感觉？"

答案是：依旧不大像个人。

拉斐尔非常英俊潇洒，但他不像学时装设计的学生那样穿得过分讲究；他优雅的衣着品味，与某位直至最近才因把一位资深编辑称作"收集僵尸的妓女"而遭《弗里兹》杂志解雇的人相当。（可减轻罪行的情节：拉斐尔的年收入是一万三千美元。）他从布什维克区搬到森林小丘区。背着他的大手提袋，回到各色人等中。可他感到这股普遍的不安，觉得自己像是"内心被撕裂"。拉斐尔以黑皮肤为主题拍出令人赞叹的照片，可现在人人那么做，老实讲，你不可能凭"黑色的身体"这种照片而打动人。他更感兴趣的是一具特定的黑色的身体（他自己的），可如今，他们人人在寻求的恰是这广义上的"黑色的身体"，你获得的报酬，根据你能从一磅皮肉里榨出多少白人的内疚而逐级升高，这行情非常诱人，极其诱人。可拉斐尔属于老一辈（二十五岁），恨不得完全脱离网络，或至少把他自己从各大社交平台上移除，因为我的老天，网络令人心力交瘁。（不过，出于对青春的怀旧，拉斐尔将继续留在汤博乐网站[1]上。）奋斗，兜揽，奋斗，兜揽，奋斗，兜揽！目标受众通常分不出这两者的区别，但那些知情者心知肚明。总之，结果是市面上没有人购买这些精湛的拍摄拉斐尔在性高潮瞬间面部表情的照片，那样真教人遗憾。"虽然处处是敞开的门，但里面的玄机是只有当你躺在地上、像演戏般流起血，这些门才开启。"相比之下，他的女友十九岁，是个白人，此刻，就在当下，

---

1. 成立于 2007 年的 Tumblr，是目前全球最大也最早创立的轻博客网站。

正在米兰为范思哲走秀，这项工作包含的也不只是一磅皮肉——奋斗！兜揽！——可"他是个男子汉，他知道他将陷入怎样的处境"。

这座城市里上了年纪的人，像是在活生生吞噬年轻的后辈。

"对，对，"拉斐尔说，把他的双脚搁在我的办公桌上，"那正是我想讲的重点：也许该轮到我变成用餐者而不是盘中餐的时候啦！我长得漂亮！我是天才！我有话要说！"

这会儿本是我接待学生来访的时间，拉斐尔不是我的学生，所以我们互相打趣，凝视窗外，望向这座岛屿的一端。在那儿，每隔一周的星期二，轮船从这个国家的四面八方驶入港湾，大群大群的年轻人，打扮成水手模样——像是《锦城春色》里的吉恩·凯利——跑过跳板，向这座城市张开双臂，唱道："我长得漂亮！我是天才！我有话要说！"他们没问题的，他们个个都没问题。

定位自我 I

你是在你的大手提袋里吗？在那些植物里吗？在奸商的气泡水机（巴勒斯坦人的眼泪）里吗？在你的小块地毯里吗？在这座城市企图实施垃圾回收的半吊子行动中吗？在你的孩子身上吗？在你不想要孩子的决定中吗？在你所属的宗派中吗？在你的怪癖中吗？在你的工作场所吗？在你的工资袋里吗？在那些点的赞里吗？在那些回绝中吗？在你的档案中吗？在这句话里吗？才在不久前，一个名叫利奥波德的男人和一个名叫夸的女人得以走入他们各自村子清理一空的中心区域，在他们住的小屋／穆斯古姆建筑[1]和他们的教堂／长老会之间非常

---

1. 喀麦隆的一种传统建筑。

坚定地找到他们的自我。情绪是集体性的，却又受到制约；一个人将自己的情绪投在群体的仪式中；情绪有季节和地方之分，情绪管理这项工作，绝不可能由单个人来完成，因为谁也无法想象一个人的意识真可以处理或容纳这个世界上的全部情绪而不感到他们的"内心被撕裂"。（附身，僵尸，讲舌语，驱邪，机器人，恐怖谷，盗尸，魔鬼控制，巫术。）

汤博乐上的论调

可能是不受欢迎的看法，但我着实讨厌那样的帖子，像是"说自己具有 X 民族特点的美国人，永远得不到来自 X 国的人的认可！他们不是地道的 X 人！"

大家好我发这个文字帖因为显然你们中有些家伙在讲礼貌方面和一块水泥板无异也就是一点没礼貌

请别在人们的艺术品上添加你怪胎的评论。老天。

语出惊人

这网站上的许多人不可理喻地痛恨这个展览因为他们把对此的批评与资本主义利用技术的方式混淆起来变成"得了技术是坏东西火是可怕的托马斯·爱迪生是巫师"。

我真受不了非犹太人使用"犹太复国主义者"一语，因为

行，让我们来谈一谈：我写这个因为 1）我不怕直言不讳，2）看到别人被利用或给他们制造焦虑，我深恶痛绝。

所以今天我要喊出

令人不自在的写作真谛

对自闭症患者讲的十大最难听的话

噢当然不……

我们需要谈一谈：仅因为人物流露情感，作者怀着同情心描绘他们，或他们做出让人有共鸣或"有人性"的事，那样并不自动转化成 ＝ "救赎"。

你糟透了，你知道吗？

好吧，就这样……以下部分是我向不懂言语怎么发挥作用的人所做的说明……

首先……你可以试着把言语放进我的嘴巴一切你喜欢的言语……你也可以滚开……我是美国人我大声道出我见到的可恨之人时刻如此。

2018 年，里卡多写给女友的情人节的信，当天他遇害。

我内心与我一贯的狗屁自恨作斗争的那面正在退缩，意识到我是在把自己与别人作比较，那样有害身心，于是坐下来，以不加评判的态度列出我认为他人身上的过人之处。

怎么做个成年人，我给你一条忠告：用你自己的方式，不必学其他成年人怎么做。

个头高却喜欢当"受"的是同志圈里最遭欺压的成员。

你永远不会再厌倦。

你永远不会再厌倦。

你永远不会再厌倦。

荒谬的现代氛围

"离谱的是，"历史哲学教授对哲学史教授说，"轻松的人生多不好过呀！我的意思，怎么能想象得出艰难的人生是什么感觉！"

旁边一位研究生，芝诺比阿，眼下正偷偷吃着哲学系摆出的开胃点心，权当晚餐——同时努力掩饰她眼中流露的真实的饿意——她愣了片刻。忽然，她强烈地感到这一切全不是真的。开胃点心不是，教授不是，哲学系不是，这市内的整片校区也不是。（芝诺比阿背着九万六千美元的贷款。她学的是哲学，就这样。）

中世纪的气质学说：血气，忧郁之气、怒气、淡然之气

怀着六个月的身孕，有一点见红，准备离开蒙罗维亚，然后前往利比亚，抵达利比亚的海岸时腹中胎儿已八个月，出血越来越严重，从那儿出海，乘坐一条小橡皮筏，上面还挤了其他八十人，前往兰佩杜萨岛——在那种情形下，保持血性，故而乐观，肯定不无裨益，但也要有一丝忧郁之气，使你不会迷失目标、动摇决心。

*

让一个尚不会自己上厕所的四岁小孩在边境与其母亲分离，把小孩关押起来，连同其他若干年龄相仿的孩子，以及一筐尿布，仿佛指望这些孩子会琢磨出怎么给自己换尿布，然后怎么目光低垂、从查访的护士和社工身旁走过，如同你们三人在帐篷门口互相擦肩而过一样，因为你们谁都不大敢直视对方——要执行这项任务，你必须有淡然之气，事事不动感情，这样你才能善于将这个世上的观念或问题泛化并做出妥协。

*

假如你的曾祖父母是佃农，你是你的亲族中第一个上大学的，你对自我哲学的课题感兴趣，你的理想是当一名摄影师，你怀着达成目标的希望投入学习，但毕业时你会欠下十三万美元的学生贷款——在这种情形下，你会产生一股失意的怒气，体现为力争完美。别的不如你敏感的人，像是你的室友，会感到这样做令人恼火，断定属于强迫性神经失调，例举的证据是你在离开公寓前，必须把炉灶上的每个旋钮转到朝北的位置，把廉价的塑料百叶窗一部分拉起至完全相同的高度，让阳光照进来，否则你就走不出门。

*

当一只心爱的鹦鹉死去时？伤感，真的哟，只有伤感。

罗伯塔和普雷斯顿（一段对话）

罗伯塔（正在念出报上的内容）：他们说那个几乎没什么影响。

普雷斯顿：真是笑话啊！

罗伯塔：他做什么无关紧要，因为那不是出于理性，是出于感性。

普雷斯顿：真是笑话啊！

罗伯塔：可惜那样不是很好笑。

普雷斯顿：还剩二十、十、十、五个小时！快给我服用镇定剂吧！

罗伯塔：我是认真的。他们仍在支持他。他让他们感觉良好。他们希望他一往无前，像他许诺的，在第五大道上开枪打死某个人。

普雷斯顿：快给我服用镇定剂吧！快给我服用镇定剂吧！

罗伯塔：行，行，行……我喂了伊迪吗？你有没有看见我喂伊迪？伊迪已经吃过东西了吗？

普雷斯顿：真是笑话啊！

罗伯塔（合上报纸）：哎，假如幸运的话，也许我们中有一人会在二〇二〇年前暴毙。

普雷斯顿（压低声音）：上帝啊，但愿是我。

全部的情绪相对于个体

芝诺比阿在为楼下当摄影师的女士照看狗，这位女士到宾夕法尼亚州一处著名的宠物墓园去安葬她的鹦鹉。她借此机会可以见识一下那间公寓。在世已久的成年人住的公寓，有个令人惊异的地方是积聚了附带的韵味。不是我去买了这盏灯和这张海报，所以我将用一盏灯和一张海报来装点我的人生。而是仅有物品，如此之多的物品，遍布各处，不知怎的是经历了一定人生岁月后的结果。芝诺比阿给她的汤博乐账号（没有一个人关注）拍摄了下述照片：

> 三十六个老电影的数字影碟盒，其中三分之二是空的
> 一块吉卜赛风格的披巾，罩在一盏灯上，等着烧毁整栋楼
> 一个硕大的黑色人造阴茎，得意地立在一张小茶几上，有人用银色的记号笔在上面签了名，此人是谁，显然谷歌搜索

不到

　　四双红色绸缎的中式拖鞋，非常漂亮
　　窗台上叠得尖尖的一小堆狗毛

　　公寓里到处是这位租客拍的照片，老朋克年轻时非同凡响的照片——时髦、潇洒、标新立异、出奇泰然的照片，用真正的照相机所摄——可芝诺比阿发现自己无法拍下这些照片。仅是看着它们就难以招架。她喂了伊迪，记得把药片藏在湿的狗粮里，把湿的狗粮和干的区分开。她躺在地板上。她新编的利比里亚扭辫铺散在她的脑袋周围。她试图鼓足劲，把手机举到眼前，从在线精神疾病诊断与统计手册里找到她自己的定位。伊迪曳步走过，无视芝诺比阿的存在。在半个世纪里，"感觉不真实"被称作DPD（人格解体障碍），但近来被重新命名和归类为DDD（人格解体／现实解体障碍），指的不但是个人的非现实感，还包括觉得你周围的世界同样不存在。近视的伊迪——和许多与它同年纪的哈巴狗一样，患有视网膜损伤——溜达着原路返回，在芝诺比阿的脸旁停住，直接往她的鼻孔里舔了舔。

定位自我　II

找到一座坟墓……搜寻名字
西端，三十六区，B71墓地
姓名：普雷斯顿
品种：非洲灰鹦鹉
墓碑：普雷斯顿，1970—2019，"人人有个坏心眼"

情绪记忆

每年四月，兴奋地期待电话簿，收到时四本叠在一起，包着封皮，黄灿灿的。你查寻你心仪的小子或声名狼藉的恶妇和恶霸，找出可悲的姓氏——科克（鸡巴）、巴姆斯特德（阳痿），看是否真有这类姓氏的人，他们住在哪里。一个骗子老师向我们发誓，说他的真名叫罗弗（狗子）——他的父母想要一条狗，大家哈哈一笑，没有人相信他的话，可接着他说，你们去电话簿里查查看吧，我们照做了，我和我的弟弟，果真有，罗弗（狗子）！奇迹。那正是人人顺着倒霉的邮箱滑槽想要寻找的东西，可奇迹不再出现，或不再完全以奇迹的形式出现。

我的父亲总是威胁要把我们从电话簿里移除，因为他与一位著名的赛马骑师同名，陌生人会不时打电话来家里问他，他们应该在英国国家障碍赛马大赛中下注哪匹马获胜。我们恳求他不要将我们移除。我们想要找到我们自己。我们激动地翻阅那本电话簿，每一页薄得像洋葱皮，黄色，容易撕破，我们怀着喜悦把目光落在英国最常见的姓氏上，说道，瞧，有我们有我们有我们有我们有我们

/

逃离纽约

他已经很久没有对另一人负起过责任。他也从未给自己或谁安排过行程。但因为他的过失，他们三人全在这座城市里，所以责任落到他身上。这当中或许甚至有点令人兴奋之处，生平第一次发现自己不是百无一用，发现他的父亲错了，事实上他有才干。他先打电话给伊丽莎白。

"我正处于惶恐中。"伊丽莎白说。

"等一下，"迈克尔说，他听到电话里有嘟嘟声，"我把马龙接进来。"

"这世界疯了！"伊丽莎白说，"我简直不敢相信我正看到的画面！"

"嗨，马龙。"迈克尔说。

"所以——我们现在是什么情况？"马龙说。

"我们现在是什么情况？"伊丽莎白说，"我们正处于惶恐中，那就是我们现在的情况。"

"我们一切安好，"马龙嘟囔道，他的声音像从远处传来，"我们会有办法应付的。"

迈克尔能听见马龙电话那头的电视声。调至的频道与迈克尔此时在看的一样，但只有迈克尔能透过他自己的窗户，见到屏幕上的画面被同步复制，一种奇特的双重感，好比一边站在舞台上，一边抬头看着超大屏幕上的自己。伊丽莎白和马龙住在上城；平常迈克尔也会住在上城——直至五天前，他几乎没踏足过四十二街以南的地方。每个人——他的兄弟姐妹，他在西海岸的所有朋友——都警告他不要去下城。下城危险，向来是那样，且留在你已知的地方，住在卡莱尔酒店。可由于麦迪逊广场花园附近的直升机停机坪，不知何故，不可用了，所以他决定还是住在下城，理由是离得近，可以避免塞车。现在，迈克尔向南望去，看见天空因烟灰而暗沉。那烟灰似乎在朝他飘来。下城的情况之糟，真是令在洛杉矶的人连想都不敢想。

"有些事你没办法应付，"伊丽莎白说，"我正处于惶恐中。"

"所有航班都停飞了，"迈克尔说，一边努力相信自己可以，一边向他们通报消息，"不能包机。连重要的大人物也不行。"

"放屁！"马龙说，"你觉得韦恩斯坦此刻没上飞机吗？你觉得艾斯纳没上飞机吗？"

"马龙，你别忘了，"伊丽莎白说，"我也是犹太人。我上飞机了吗，马龙？我上飞机了吗？"

马龙发出怨声："噢，老天爷。我不是那个意思。"

"那你到底是什么意思？"

迈克尔咬着嘴唇。实情是，他这两位心爱的友人，彼此间的关系不如他们各自与他的关系亲密，因此常有这样尴尬的时刻，他不得不提醒他们，爱这条主线把他们三人联系起来，迈克尔觉得这一点如此显而易见；让他们走到一起的是一种共有的苦难，一类独一无二的苦难，这个世上经历过或有机会体验的人真是寥寥无几，但他们三个——迈克尔、利兹和马龙——正巧都遭受过最大可能程度上的这种苦难。如同马龙有时讲的："唯独知道被用钉子钉在两块木板上是什么感觉的另一个家伙！"有时，假如伊丽莎白不在旁边，他会加一句："钉钉子的是犹太人。"但迈克尔努力不去老惦念着马龙的这些方面，更愿意记住爱的主线，因为最终，那才是一切真正的关键。"我想马龙的意思是——"迈克尔开口道，但马龙打断了他："别跑题啦！我们得谈正事！"

"我们不能坐飞机，"迈克尔轻声说，"讲真的，我不知道为什么。但他们就是这个意思。"

"我在收拾行李，"伊丽莎白说，电话那头传来某样贵重物品掉在地上摔碎的声音，"我甚至不知道我在收拾什么，可我就是在收拾。"

"我们别那么慌乱，"马龙说，"有很多租车公司。我一时想不起哪个。电视上看到的。名字五花八门。赫兹？对，有一个叫赫兹。肯定还有其他的。"

"我真的处于惶恐中。"伊丽莎白说。

"你已经讲过啦！"马龙吼道，"镇定！"

"我试试给租车的地方打个电话，"迈克尔说，"这边的电话有点乱。"他在便笺簿上写下"赫兹"，拼写成了"Hurts（伤害）"。

"只带必需品，"马龙说，指的是利兹正在收拾的行李，"妈的，我们不是去坐伊丽莎白女王二号邮轮。不是他妈的要在圣莫里茨跟老迪克参加鸡尾酒会。必需品。"

"我会租一辆大车。"迈克尔喃喃低语。他讨厌吵架。

"肯定得要一辆大车呀。"伊丽莎白说，迈克尔知道她是在挖苦人，意指马龙的体重。马龙也听出来了。电话那头无人应声。迈克尔又咬了几下嘴唇。他可以在化妆镜里看到他的嘴唇颜色很红，转而想起他做了纹唇，让他的嘴唇永久是那个颜色。

"伊丽莎白，听我讲，"马龙说，他生气但克制的咕哝声令迈克尔感到一阵不合时宜的小激动；他情不自禁，那真是典型的马龙本色，"把那该死的克虏伯钻戒戴在你的小手指上，我们得赶紧离开这鬼地方。"

马龙挂断电话。

伊丽莎白哭了起来。电话里传来嘟嘟声。

"我恐怕得接个电话。"迈克尔说。

中午，迈克尔换上他平常的装扮，在先驱广场附近的地下停车场取了车。十二点二十七分，他开到卡莱尔酒店前停下。

"天哪，那么快。"马龙说。他正在人行道上，坐着一张折叠椅，就是那种有时你看见人们在你住的酒店外彻夜扎营、希望你会走出来到露台上向他们挥手时随身携带的折叠椅。他戴了一顶滑稽的像是渔夫戴的斗帽，穿着有松紧带的厚运动裤和一件宽大的夏威夷风情衬衫。

"我走的是沿河的超快速路！"迈克尔说。鉴于眼下的情况，他不想让自己显得过于沾沾自喜，但他忍不住有一丝得意。

马龙打开放在他腿上的一个纸盒，拿出一个奶酪汉堡包。他看了一眼那辆车子。

"我听说你开车像个疯子。"

"我确实开得很快，马龙，但我也不会乱来。你可以信任我，马龙。我保证会带我们离开此地。"

看见马龙在人行道上吃奶酪汉堡包的那副样子，迈克尔着实感到难过。他如此之胖，他坐的小椅子简直不堪负荷。整个场景看上去岌岌可危。也正是在这一刻，他注意到马龙没有穿鞋。

"你见到利兹了吗？"迈克尔问。

"话说回来，那破烂的大家伙是什么牌子？"马龙问。

迈克尔忘了。他探身，从仪表板上的贮物箱里取出使用手册。

"丰田凯美瑞。他们只剩这辆车。"他正要加一句"有宽敞的后座"，但想想还是别说的好。

"日本人是个聪明的民族。"马龙说。马龙身后，卡莱尔酒店的门打开，一名行李员走出来，倒退着，拉着一辆手推车，车上堆满路易·威登的皮箱，他的旁边是伊丽莎白。她浑身珠光宝气：戴着好几条项链，手臂上有数个手镯，一条貂皮披肩上别的胸针之多，看起来宛如一块针垫。

"别开玩笑了。"马龙说。

有逻辑头脑的人？谈判家？迈克尔通常不大需要这么标榜自己。但此刻，在重新上路、向着伯利恒疾驰而去时，他让自己相信，人们总是对他横加评判，错误地低估他，也许到头来，只有在一个人切实经受了重大事件、像是世界末日那样的考验后，你才真正认识那个人。当然，人们忘记他是得到了救赎的耶和华见证人的一员。无论如何，他期待这一天已经很久很久。不过，倘若在二十四小时前，有人告诉他，他将能够说动伊丽莎白——她曾为了让一件礼服可以与她同时抵达伊斯坦布尔而给它买了一张飞机座位票——与他一道，坐一辆汗臭熏天的老日本车逃离纽约，把她五个路易·威登的箱子丢弃在一座遭袭击的城市，噢，他绝对不会相信。谁知道他有这样的游说能力？他从来无须在任何事上劝服任何人，他本人的才华中最没用的，诚然，这项天赋来自于非同寻常的童年，是他不曾求取、结果却无法退还的。也许更难的是让马龙同意，在抵达宾夕法尼亚州前，他们将不再停车买吃的。他向前探身，想看看天空中是否还有敌军。没有。他和他的朋友真的在逃亡！一切由他操控，他正在为每个人做出正确的决定！他看着坐在旁边副驾驶座的利兹：她终于平静下来，但她漂亮的脸蛋上依旧流着她的眼线液。那么多眼线液。迈克尔对眼线液的知识全是向利兹学的，但此时他发觉，在这个问题上，他可以教她一招：把眼线弄成永久性的。贴着泪腺文上一圈。那样的话，绝不会淌下来。

"是我听错了吗？"马龙问，"你说伯利恒？"

迈克尔把后视镜调到他能看见马龙的位置，他四仰八叉地坐在后座，一边看书，一边拆开应急用的奶油夹心蛋糕，迈克尔以为他们一致同意要留着蛋糕，等到了阿伦敦再说。

"那是宾夕法尼亚州的一座小镇，"迈克尔说，"我们将在那儿停一下，吃点东西，然后再走。"

"你在看书吗？"伊丽莎白问，"这个时候你怎么有心情看书？"

"我该干什么呢？"马龙反诘道，语气有点暴躁，"在中央公园演莎士比亚吗？"

"我只是不明白，一个人在他们的国家遭到攻击时怎么会有心情看书。我们随时都可能死掉。"

"亲爱的，假如你读过萨特，就会知道，不管何时种情况，都是如此。"

伊丽莎白阴沉着脸，将她闪闪发亮的双手交叠在她的腿上。"我就是不懂，一个人在这样的时候怎么有心情看书。"

"好吧，利兹，"马龙装腔作势地说，"让我来为你指点迷津。瞧，我猜，因为我是你们口中所称的书生，所以我看书。因为我对心灵活动感兴趣。这一点我承认。我连家庭影院都没有：不，我有的是书房。想不到吧！想不到吧！因为恰巧，我人生最崇高的使命不是用我肥嘟嘟的小手在好莱坞中国剧院外的一堆狗屁沙子里按下手印——"

"噢，老兄，又来了。"

"因为我实际的志向是理解人的习性和癖好——"

"这些人想要杀我们！"利兹喊道，迈克尔觉得实在有必要出面调停一下。

"不是我们，"他试探着说，"我想，这么讲吧，不是专门冲着我们。"但转而他想起一件事。"伊丽莎白，你不会认为……？"

先前他一直没想到这一点——他只顾忙着做各种安排——但现在他开始思考这个问题。他看得出车里其他人也都在思考这个问题。

"我怎么知道？"利兹嚷着，把她最大的戒指在她最细的手指上转来转去。"也许吧！先是金融中心，然后是政府人员，接着——"

"重要的大人物。"迈克尔低语道。

"一点不足为奇，"马龙说着，变得严肃起来，"我们正是那类狗娘养的东西，可以被人当做漂亮的战利品，挂在什么荒唐操蛋的墙上。"

他的语气里终于流露出害怕。听到马龙害怕，迈克尔一整天担惊受怕的心情丝毫未减。没有人想看到自己的父亲害怕，或自己的母亲哭泣，迈克尔把他们当作自己的家人，眼下，在这辆没有散发着新的皮革气味、没有一点新的气息的破日本车里，情况正是如此。因而他后悔自己没有多花点力气，把莉莎带上。可话说回来，那样恐怕更糟。在他心中与他亲如一家的人，简直和他原本的家人一样，摧毁着他的心理健康！他实在不该让自己有那样的想法，尤其在今天——哪天都不行。

"我们全都紧张万分。"迈克尔说。他的声音有点颤抖，但他不担心自己会哭出来；他在他的泪腺周围文了眼线，所以哭不再是容易的事。"现在的状况千钧一发。"他说。他努力把自己想象成一个负责、仁慈的父亲，带着他的孩子，一家人开车旅行。"我们必须设法关爱彼此。"

"谢谢你，迈克尔。"伊丽莎白说。接下来的两三英里路，大家相安无事。随后，马龙又开始朝那枚戒指发火。

"所以这些克虏伯氏。他们制造武器，杀害你民族的人，多达几百万——然后你却买下这些属于他们的破玩意儿？怎么有那样的事？"

伊丽莎白在前座扭过身子，直至她能与马龙对视。

"你不明白，当理查德把这枚戒指戴到我的手指上时，它不再意味着死亡，它开始意味着爱。"

"哦，原来如此。你有本事把死亡转化成爱，就像那样。"

伊丽莎白朝迈克尔莞尔一笑。她捏了捏他的手，他也捏了捏她的。"就像那样。"她喃喃低语。

马龙哼了一声。"好吧，祝你好运。不过回到现实世界里，一样东西是什么就是什么，不会因意念而改变。"

伊丽莎白从披肩的暗袋里掏出一个带镜粉盒，重新涂了点很红的唇膏。"你知道，"她告诉他，"安迪曾说，转世变成我的戒指，将是一件非常令人神往的事。那是他的原话。"

"听起来有点道理。"马龙说。他的话大煞风景，带着强烈的讥笑口吻，让迈克尔觉得过于偏颇，因为不管你对安迪本人、他的为人有何看法，要说有谁了解他们彼此受过的苦，谁像先知般预言过，他们这段三方的爱的关系到底能维持多久、有多牢固、有多少连接的角度和偶尔令人窒息的力量，那个人无疑就是安迪。

"我不送礼给人，"马龙十分大声地朗读道，"我能做的只有借钱；但别瞧不起放贷之人；人与人互不相欠。"

"现在不是念诗的时候！"伊丽莎白吼道。

"现在恰恰是念诗的时候！"马龙吼道。

就在那一刻，迈克尔想起仪表板的贮物箱里有几张激光唱片。这个世上他最深信不疑的一件事，是音乐的治愈力。他伸手打开贮物箱，把唱片连同盒子递给伊丽莎白。

"老实讲，我觉得我们不该在俄亥俄州停留，"她说，她检查了那些唱片，然后把一张光碟推入播放的口子，"我们可以轮流开车。我们能开通宵。"

"我疲劳时无法开车，"马龙一边说，一边坐起身，变成半躺的姿势，"肚子饿也不行。或许现在该换我来开了。"

"我可以开夜车。"迈克尔说，心情变得畅快，他开始寻找能停下的地方。至今他应付这场末日灾难的出色表现依旧令他激动不已。固然，他惶恐不安，但与此同时，也出奇地欣喜雀跃，并且——关键的是——没有特地服药，他的东西全在助手那儿，因为担心助手会试图阻止他，像她一贯阻止他做他最想做的事一样，所以他等他们已经上路后才通知她，他将逃离纽约。如此一来，谁也管不了他。他奋力回想自己人生中另一次感到这般自由的时刻。那样讲是不是太不像话？他必须对自己承认，他感到亢奋，并于当前试图确认亢奋的源头。是求生本能带来的肾上腺素吗？混杂着同情、混杂着恐惧吗？他好奇：这种心情是不是生活在战火纷飞的地带和类似地区的人所有的？或者——另一个奇怪的念头，这种心情其实是普通平民对每天日常生活的感受，开着他们又土又老、气味难闻的丰田凯美瑞，置身于车流中、准备去上班，或在你住的酒店窗外扎营，或因看到超大屏幕上你跳舞的画面而晕厥？这种逃不出现状——被迫接受——的感觉？甚至逃不出逃跑的命运？

"马龙，你知不知道利兹和我，我们在外过夜时……？"迈克尔

114

说，语速有一点过快，他意识到自己是在絮絮叨叨，但停不下来，"哎，我压根儿睡不着，真的！连眼睛也不阖一下。除非把我实实在在地打昏？我整个晚上都醒着，一点不假。所以我能一直开到布伦特伍德，没问题。我的意思是，假如我们逼不得已的话。"

"等你开够了再停吧。"马龙咕哝道，重新躺下。

"我做了一个梦，梦见过去——"利兹跟着唱片唱道，"那时期望甚高，人生活得有价值——我梦见爱情永不灭——！我祈求上帝会宽大为怀——"

这次是第六或第七遍。他们快到哈里斯堡了，因为中途去了两趟汉堡王、一趟麦当劳，还有穿插其中的三趟肯德基，所以赶路的速度大大减慢。

"假如你再放一遍那首歌，"马龙一边吃着一桶鸡翅，一边说，"我就亲手杀了你。"

*

太阳正照在他们卡座聚氯乙烯材质的茶色百叶窗上，迈克尔深深感到他新扮演的这个当家的角色，必须还包括一定方面的精神指导。为此，在把枫糖浆递给马龙时，他用他尖着嗓子、新添了坚决之意的口吻说："伙计们，你们知道，我们已经开了六个小时车，可哎呀，我们还没丝毫回头讨论过那儿发生的事。"

他们坐在一家国际松饼屋连锁店里，正位于阿巴拉契亚山脉的另一边，他们戴着镜面反光的墨镜，吃着松饼。迈克尔已打定主意——在他们还未光顾上两家快餐店、距此八十英里时——将他平常掩盖身份的装扮留在车的后备厢里。显然，这样做已变得没有必要，不用，

115

今天不用。此刻，他感到整个人获得解脱，于是把墨镜也摘了。如同在肯德基、在汉堡王、在金拱门下一样，在国际松饼屋也是如此：店里的每个人都在看电视。连招待他们这桌的服务员也在端上食物的同时，眼睛看着电视，因此洒了一点热咖啡在迈克尔的手套上。她既没道歉，也没有把洒出的咖啡擦掉，她同样没注意到马龙没穿鞋——或他是马龙——或摆在盐瓶旁边的是一颗像里兹饭店那么大的钻石。

"我感觉前一分钟我们还在麦迪逊广场花园，那情景如梦如幻，"伊丽莎白慢悠悠地说，"我们高兴，我们在祝贺这个优异的小子"——她捏了捏迈克尔的手——"庆祝他三十年的杰出才华，我亲爱的，一切堪称完美。可接着——"她用双手拢住她的咖啡杯，把杯子端到嘴边。"可接着，啊，'老虎来了'——现在真是末日尽头的感觉。我知道那样讲听起来很傻，但我确实那么觉得。我身上有着天真的一面，只想把时间往回拨二十四小时。"

"往回拨二十四年吧，"马龙厉声说，脸上却带着他典型的马龙式的冷笑，你能做的只有不与他计较，"那样还不够，"他说，语气变得更加夸张，"四十年吧。"

伊丽莎白噘起嘴，扮了一个可爱的鬼脸。她看起来像《小妇人》里的埃米，脑袋里正打着什么狡猾的算盘。"的确，"她说，"回到四十年前，对我来说也是再好不过。"

"对我而言不是。"迈克尔说，他忙不迭大吐了一口气，让他有足够的胆量讲出他想讲的话，不管合适与否，不管是不是在像这样的非常情况下所讲的正常的话。但也许，在这一刻，这是他唯一真正的优势，胜于在这家国际松饼屋里的所有其他人和绝大部分美国人：从未有正常的事发生在他身上过，一次也没有，从他有意识以来就不记得有。因此他内心有个小角落，时刻准备好应付洪水猛兽，熟知其面目，也深谙必要的与之抗衡的力量：爱。他把手伸向桌子对面，握住他两位心爱的友人的手。

"我只想身处这一刻，"他对他们说，"此时此地。和你们俩在一起。不管情况变得多糟。我想和你们、和所有这些人在一起。和地球上的每个人同在。身在这一刻。"

他们全都沉默了片刻，接着马龙抬了抬他仍英气焕发的眉毛，叹了口气说："哥们儿，不怕对你直言，发生这种事，横竖你没什么选择。看起来没人会把我们瞬间传送到另一个世界。无论这鬼东西是什么——"他朝他们面前的空气、朝空气内部的分子、朝时间本身做了个手势——"我们困在这里面，就跟每个人一样。"

"是的。"迈克尔说。他微笑着，不是别的，正是这一笑——在那天，在那家国际松饼屋里，前所未有地——最终引起了服务员的注意。"是的，"他说，"我知道。"

重大的一周

1

他坐在舍曼街的小酒馆里，向外望着他的家，位于马路对面。沿门廊的那排板条屈曲变形，白色的护墙板上划出深深的丑陋裂口——这些看上去有几分惨不忍睹。但等春天来了——假如春天真的来临，他会为她把一切修理好，重新粉刷、重新密封，所有要干的活。还有取暖用的油罐。他会把里里外外所有必需做的事都打理好，因为他爱她，看到的全是她的好，她也仍爱着他——从最广义上的"爱"来讲——人们能做的只有想办法理解和接受那个事实。

"可到底怎么弄呢？"弗兰克·埃弗里特先生问，他的这家酒馆只有一个厅。他从柜台后面出来，走到窗边他唯一的客人身旁。"不再是你的家了，不是吗？"

他没有转头看埃弗里特，而是直直盯着远处某个壮观的场景，但埃弗里特顺着他的目光望去，看到的仅是一架子奶油夹心蛋糕，在加油站的玻璃窗内被太阳炙烤着。

"话是没错，"他对埃弗里特说，"我把房子给了她。那是她应得的。她有任何需要，我都会为她效劳，只要她开口。我心甘情愿。我希望她幸福。"

埃弗里特拿起一个装了半杯酒的玻璃杯，往杯子下面放了一个硬纸板杯垫。

"瞧，那就是我搞不懂的地方。你仍和她一起上教堂。她给你做曲奇饼干。"

"她给我做曲奇饼干。"

这位老板交叉双臂，流露出一种教士般的敬畏表情，仿佛玛丽的曲奇饼干委实是一切受造物的始与终。弗兰克，他不是爱尔兰人，甚至也不是从波士顿来的，但他的前妻属于这类人，所以他觉得自己理解他的客人；他们的口味和习惯，他们的心情。

"向我的安妮特开门见山，"他坦白说，用一块洗碗布蒙住他的双眼，"我不怕告诉你——开门见山地讲，我打算雇人杀了她。绝非虚言。"他用空出来的那只手的手指比了个细小的空隙，"就差这一点。"

他把洗碗布甩到边上，和蔼地笑起来，但这个人——他的名字叫迈克尔·肯尼迪·麦克雷——不苟言笑地坐着，带着责备的神情，像一条小狗被卷拢的《先驱报》啪地打了一下鼻子。

"哦，"麦克雷说，脸上泛起一点红晕，"我得讲，我们不是那样。我们哭过，我们拥抱过。现如今，这一带的许多人可能用别样的眼光看我……她完全没有。"

重新浩气凛然地凝视窗外。似乎无从告诉他，他的脸色发青，因为窗玻璃上贴着一对发亮的三叶草。

"麦克雷——你与众不同。"弗兰克说着，拍拍他的背，可其实他并未觉得他有任何与众不同之处。麦克雷家有五个兄弟姐妹，他们个个能说善道。他们或多或少，都长得像唐纳德·奥康纳——连女的也是。

"再来一杯？"过了一会儿，弗兰克问道，但未收到回应。"嗨，麦克雷。你不是还在为那个安妮特的小玩笑而气恼吧？别傻了。"

不过确实，若是在几个月前，他可不敢当着麦克雷的面这样插科打诨。如同不会拿违章停车的罚单开玩笑一样。

"麦克雷？"

在他坐的凳子上抬起屁股，四方的大脑袋急切地向左探伸。一头老公牛，蹬直了腿。从他站的地方，即便隔着便裤，埃弗里特也能看出那紧绷的肌肉线条。蓄势待发！人是不会变的。他们可以再解雇麦克雷十次——他始终是一名警察。

"对不起，弗兰克，你想必要回家了。本当讲出来的——我在等我的儿子。以为那辆是他的车。应该快到了。他多半只是在什么地方被前面一辆撒沙车堵住了去路。他从艺术学校过来。"

弗兰克抬眼，用洗碗布擦拭一个一夸脱容量的玻璃杯的内壁。

"我无所谓。下雪不打烊，没客人也不打烊。我不打烊。"

"三个儿子，人人都说——哦，你知道的，各种老一套的告诫。不过他排行居中——天生的和事佬。玛丽认为他是三个里性情最温和的。愿上帝保佑他。我们真为他感到骄傲。我想说，我们也担心。我前面讲艺术学校其实不对——是艺术学院。不一样的地方。学的不是绘画——是'平面艺术'。那一点让她担忧，一点点吧。我不知道。"

"平面设计很热门。什么都是从平面设计来的。"

"我们拭目以待吧。"

十五分钟后，一个高个子年轻人戴着一顶波士顿红袜队的棒球帽，把他母亲的车停在家门外，穿着不合宜的鞋子踏雪而来。他比他父亲更纤长得多，也更瘦，他的脸，虽然让人觉得和善坦诚，但没有迈克尔那样棱角分明的骨架。他抖落脚上粉末状的雪,向在酒馆门口迎接他的父亲露出困惑的笑容,这位父亲紧紧抱住男孩的腰,泪如雨下。

"喂,爸爸……喂,没事。我们坐吧。你太激动了。"

儿子领着父亲一起走入暖和的室内。父亲眼中流露出的热切的爱,连十米开外的弗兰克也觉得有压迫感。

"哦,孩子,瞧我干的:扑在你身上哭。"麦克雷说着,指指他儿子衬衣上的几片湿渍,那个年轻人则平静地低头注视他父亲的手指,等待他完事。这一幕里的某些东西令弗兰克想起圣托马斯,指关节上的圣伤痕。但这小子的名字果然是:汤米[1]。

"孩子啊孩子,对不起……这件事离谱的地方在于,我竟不伤心!此刻我的心中充满感激和幸福!看看我!我是这个世上最幸运的人。"

"好的,爸爸。不过,我们先坐下。就坐在这儿吧。"

后生麦克雷小心地拨开老麦克雷抓着他身体的手,把这双手在他自己的手里握了片刻,然后小心地放到桌上。

"抱歉,我迟到了。你看起来气色不错,爸爸。"

"哪里,我超重十磅。十五磅。我不能跑步——得。我会的只有跑步和骑自行车。医生把这两样都否决了。我必须想想现在我可以干什么!开车让我整天坐着。"麦克雷伸手过去,在他儿子的膝盖上跳起一种奇怪的吉格舞。"嘿,之后你要去你妈妈那儿吧?"

"呃……当然。"

"好,那样很好。"

弗兰克拿了两杯健力士黑啤酒过来,竟然郑重地放在托盘上。

---

1. 托马斯的昵称。

"你家老头子嘱咐我的，"他一边说，一边斜着放下两杯酒，"他讲得很明白：等那孩子来时，端出这黑玩意儿，他最爱喝这个。"

"太棒了。"儿子说，但只抿了一小点上面的泡沫，看不出有一丝喜欢。迈克尔自己那杯一口也没碰。

"我想说，瞧这小子。他的手臂真长呀！他们拼命鼓动他去打篮球——噢，可想而知——但没兴趣，一点兴趣也没有。他像他妈妈。他妈妈会弹钢琴，喜爱绘画。他的天分在音乐和视觉艺术上。"

儿子叹了口气，用一根手指指着自己的太阳穴，做了个扣扳机的动作："附庸风雅。"

"嘿，那一点很了不起！别妄自菲薄！不是人人都会爱好体育的！那样的话，这个世界将单调乏味。"迈克尔用击球的姿势打了一下那顶棒球帽的帽舌。"不过，那个是怎么回事？后期转型吗？"

"是金的帽子。"

"他的女朋友是韩国人，"麦克雷解释，"我实在开心得不得了。"

"挺好。"弗兰克说。

"太开心了。玛丽也是。我们真为他们俩感到骄傲。金也在艺术学校上学。艺术是一样奇妙的东西。教育——那个是另一样奇妙的东西。机会难得。但要花钱！迄今，我供三个儿子上了大学，不瞒你说，那样不容易。像我们这种人，我们绝不可能有那般成就，也根本没人指望我们有——话说回来，就算我们走到那一步，谁来出钱供我们呢？需要一大笔钱哟！"

弗兰克吹了声口哨："现在受压榨的正是中产阶级！"

"对。但我们齐心协力，我和玛丽——虽然分开却一条心。你明白我的意思吗？关键是：我们一直把这几个孩子放在首位。我们全家人一起去过的地方只有夏威夷。去过两次。没去过欧洲。没去过爱尔兰。但小迈克尔去了法国——用一整个夏天，周游法国。那年夏天，乔去了西班牙。至于汤米——你跟托尔道伊神父去了某个地方——好几年前——"

"爱丁堡。"

"对，爱丁堡！"麦克雷伸出手，捏了捏儿子的肩膀。"我觉得我的孩子，代我去了这些地方。那就是我想讲的意思。你若爱你的孩子，便会做出这些牺牲——这些甚至算不上牺牲，无非是你做的一些事。总而言之，一切不因为结束了就到此为止！我们是一家人。二十九年幸福的时光——我人生中最幸福的时光。老实讲，认识你的母亲是我这辈子遇到的最幸运的事。对此我深信不疑，汤姆，真的。"

"好，爸爸。"汤米咕哝道，但转眼，当一股突然从门外吹进来的冷风打断他们的谈话时，他的脸上显出庆幸的表情，两个穿着蓝衣服的男人，国家天然气电力公司的职员，走了进来。"也许我们不该再阻着弗兰克做生意。"

"我真是有福之人。我对每个人都那么讲。"

"天生的乐观派。"弗兰克肯定道，不过在他内心，这个准确的称号要多添几个字。"好吧，你们还需要些别的什么吗？没有？行，先这样。"

在弗兰克走开之际，麦克雷把他的凳子挪得离他的儿子更近，直至两人的膝盖碰在一起。

"哇，你的妈妈见到你准高兴坏了。上礼拜她见到乔，但自圣诞节以来，她还没见过小迈克尔。哎，请在吃那条羊腿时想想我吧——我就陪伴在你的左右。"

那个男孩摘下他的棒球帽："你——你不跟我们一起吃饭吗？"

"不，汤姆，今晚不。总有一天，我们得开始正式履行这件事，不是吗？我这个巨怪，在桥下已经藏了……噢，快一年。你的母亲美丽依旧；我的意思是，我仍觉得她美丽，我仍觉得她性感——讲真的，她很快会振作起来，到时会有一大群公山羊，你知道，想要踢踢踏踏地赶来——"

"哦，爸爸……"

"嘿，我为她感到高兴！我连酒也不想喝——"他把那杯健力士黑啤酒推向一旁；酒杯令人忐忑地滑过桌面，险些掉到地上——"不明白我究竟为什么点那杯酒。汤姆，我想告诉你：此刻，我感到生命恰似这珍贵的……这十分珍贵的——我甚至不知道怎么讲，此刻，我实在找不出现成、确切的词向你说明——但我可以告诉你，我感觉到它的珍贵。我只想感受能感受的一切，无论好坏，我已意识到我不需要……喂——你要吃东西吗？这儿的食物不错。噢，对，对——你要去那儿吃饭，我忘了。那样很好。过来一下。"

汤姆·麦克雷甘愿接受了一个无伤大雅的夹头动作。他成年的自我，他都市人的自我——今早才刚自信地与律师和医生的成年子女一同讨论辛迪·舍曼[1]的才华——现已萎缩、悄然消逝，代之的是一个早年的化身：那个腼腆的、住在郊区、排行居中的儿子，用头发遮着他的眼睛。

"总觉得怪怪的，"他一边说，一边用双手捧起他的那杯酒，像喝奶昔似地举到嘴边，"我的意思是，我没想要你们大吵大闹，但——现在平和得令人觉得怪异，就是那样。"

"哦，我们是史上最——和平离婚的一对！"麦克雷嚷道，"我刚

---

1. 辛迪·舍曼（Cindy Sherman，1954—　），美国摄影家，善于从自拍照反映西方社会不同年代典型的女性形象。

跟弗兰克那么讲！一起生活了近三十年，甚至没有吼过彼此。"

"没错。我记得是那样。但金——她的反应是：不可能，老兄，一定是虚假记忆症候群。但我表示：不，我记得的正是如此。可，瞧，我们——我们不必谈这些事了。"

"噢，别，别——汤姆，我不介意谈一谈。我愿意谈一谈。其实，这样对我有益。我时刻把这些事挂在嘴边。我立下这条规定——我绝不是想要烦扰你，汤米，我从不那么做，你知道的——但事实是，现在我是这么想的；我对自己说：迈克尔·麦克雷，假如耶稣基督在你旁边，你会不会讲这样或那样的话？假如不会，我就不讲。就那么简单。"

麦克雷伸出手，擦去他眉头紧锁的儿子嘴边的一圈泡沫。

"几个星期前，我和你母亲进行了下面这番非常动人的谈话——她下楼来，把我送她的日本面包刀还给我，这把刀是给她切牛肉片用的，某种她在那家小店买的牛肉，地址在——那个不是重点，重点是，我们进行了下面这番谈话，宽容大度、开诚布公，她说：'我想旅行，我想认识新的人，我想重拾我的音乐爱好，像以前那样弹钢琴。三十年前，我为了迈克尔·麦克雷而安定下来，现在我五十六岁，我不想再过安定的生活。'哎哟。直戳心窝。得，汤姆，那话不中听。确实。可是，假如一个人那么觉得，那么只好如此。我们生了三个漂亮的儿子。我可以坦荡地站在这儿说：我没有任何遗憾。一点也没有。认识她是我的幸运。十分幸运。"

"哦，那样太好了，爸爸，"汤姆说——他似乎止不住地在用纸巾焦虑地轻擦他自己的人中——"只要你——你知道，只要你没事，我想。"

"我很好。"麦克雷把他蓝盈盈的眼睛睁到最大。"让我来问你点事：你看过《音乐之声》吗？"

"当然看过啊。"

"当上帝关上一扇门时，他打开一扇窗。"

汤米勉力挤出一个微笑。

"好像是那部电影里的一句台词。真是让我为之折服！所以，我要讲的是，我手头有几样事等着处理——我现在不想谈这些事——我知道我喋喋不休，听得你耳朵都长茧了——但足可以说，我相信你会赞同，汤米，真的。我的意思是，大部分你已知晓。喏，今天是星期日——星期一、星期二：我上班。好。星期三我打算去图书馆——看我至少能不能保留个图书馆之友的头衔。瞧，我知道他们无法让我继续在活动委员会任职，以正式的身份绝不行——那一点我当然理解。但问一问无妨，对吧？"

"无妨。"

"然后星期五——星期五我搬出去——完了。就等那一天。"

"重大的一周。"

"重大的一周。"

迈克尔·麦克雷的腰带上传来一阵震动声。他的儿子面带柔情的笑容，看着父亲从他便服外套胸前的口袋里取出一副金丝边的老花镜，专注细致地研读那块小屏幕，活像罗克韦尔[1]画里某个乖张的老古董，在查看棒球赛的比分。

"我认识的人里，唯一还有寻呼机的。"

麦克雷抬眼，目光越过他半月形的镜片，里面包含的一股不加掩饰、暴露无遗的热情，连他性情最温和的儿子察觉后也对他产生惧意。

---

1. 罗克韦尔（Rockwell，1894—1978），美国画家，绘制了大量《邮报》封面插图。

"真的吗？我们上班的人许多都有。"

2

接机牌上的名字是克拉克：他们定好在出发大厅门外的十分钟等候区见。但克拉克晚了，早晨天寒地冻。麦克雷回到他的车里，兜了一圈，在停车场停好车，走入行李提取处。他检查了一下他的寻呼机，举起接机牌。周围其他人都穿西装，举的是平板电脑而不是硬纸板，他们接的旅客到得早：一队电子设备不离手的中年主管鱼贯而出，递上他们的行李，忧心忡忡地询问天气状况。但这时一位优雅的女士现身于自动扶梯的顶端，朝迈克尔·麦克雷挥手；她个子很高，身材苗条、皮肤黝黑，有着一头乌黑柔滑的秀发和一张血红的嘴，她看上去像是可以一口气跑完五千米，都不用喘一下。

"克拉克吗？"

"乌尔瓦什·克拉克。"

"一字不差。你有行李吗？"

她有，但她坚持自己提行李。他们顶着一阵从旁边吹来的雪花，往电梯走去，上二楼，坐进一辆豪华小轿车。她穿戴的一切全是黑的：黑框眼镜、黑色长大衣、脖子上围了一条黑色的毛皮围巾。她把围巾放在后座她的身旁，上面的绒毛颤动着，像一头紧张不安的动物。

"那地方是一所大学，对吧。"

"劳驾。"

她拿出一个薄薄的文件夹，色泽与她的唇膏一模一样，她把它打开，开始翻阅整理里面的文件。

"你要做讲座吗？"

"一篇论文，"她说，目光始终没离开她的文件夹，"一个建筑学研讨会。我是做建筑设计的。"

他不去打扰她。车子驶过错综复杂的立交桥，进入一条黑咕隆咚的隧道。

"需要开灯吗？"

可等他打算问时，他们已即将开出隧道，前面是白晃晃的光，如此刺目，似乎抹杀了一切差别——尤其是车前座和后座之间的那道分隔线——迈克尔·麦克雷感到他无法再理智地假装，在这一天的大好时光里，自己不是正与一位美丽动人的女子共处于一个狭小的空间内。

"建筑学。一定很有意思。"

"嗯。"

"哥特式建筑风格。现代建筑风格。我想我是传统守旧派。我喜欢白色的尖桩篱栅。我喜欢彩绘玻璃窗。当然，在波士顿，我们有很多漂亮古老的建筑。"

"肯定有。"

"很多，"迈克尔强调，可在那个当口，他们正巧经过一家7-11便利店，嵌在一个巨大的、灰蒙蒙的方盒子建筑里，"你的论文，写的是什么？"

"我的论文？不提也罢。"她从身后的口袋里摸出一个苹果手机，像挡箭牌似的举在面前，但这样一来让迈克尔有机会瞄到她的左手，这个习惯是他开始新生活后非自然产生的：每次他必须这样提醒自己。再者，他也不总是确定该怎么解释才对。一枚双绞扭花的金戒指，镶有单颗黑宝石，戴在中指上。

"我这么问，没有惹恼你吧？"

"完全没有，"乌尔瓦什说，目光与后视镜里那双期盼的蓝眼睛对视着，"这么讲吧，我写的是……唔，某些空间如何决定——塑造——我们的人生。"

麦克雷拍了一下方向盘："呀，那个我可太有切身体会了。千真万确！因为，我的老家在查尔斯顿——祖上三代都是。查尔斯顿塑造了我，还有我的家人，绝对地。绝对地。"

"啊，真有意思，"她凑上前，"在什么方面呢？"

"哦，价值观，原则，信念。我想，也许就是一种查尔斯顿人看待事情的方式吧。"

"原来如此。"她说着，身子往后一靠，重新看向她的手机。

"诚然，"过了几分钟，迈克尔说，仿佛中间未曾中断过似的，"十年前，我们搬到剑桥，自作自受，可真的，我人生中所有对我影响重大的事都发生在查尔斯顿。冒雨行走在查尔斯顿，认识了我的太太——我指的，不是在大街上——她住在查尔斯顿。我们有个共同的朋友——我需要找一处地方过夜，我不想麻烦我的母亲——让她操心的事够多了。我往来于公寓之间——因为，当时我二十二岁，给人当快递员，有人不巧偷了我的自行车——总之，重点是，我背了一个帆布袋，里面装着一大沓纸，是我还没递送的。一份五百页的文件，一部手稿，对写的那家伙来说意义重大，我相信——当时还没有因特网！所以这沓纸是唯一的副本。我疲惫地走在查尔斯顿那一区，寻找玛丽住的地方；她和其他两个女孩合租的——我浑身湿透！结果当我终于找到那地方时，她在家，肩上挂着溜冰鞋，正要出门——她说："请自便。"她抓着溜冰鞋，回过头看我。那时的她美丽动人，现在也是。就这样，我不客气地把那儿当作我的家。我看着我的袋子，心

129

想：噢，天哪，我完了。我把每张纸摊开晾干。五百来张纸，摊满她的整个公寓，门上、床上、熨衣板边上，到处都是！她回到家，眼睛也不眨一下。'请自便。'小子，她讲的不是客套话。我留宿了一晚，第二晚——我们一起生活了三十年。当然，现在我们分居了。"

"哦——真遗憾。"

"别！看看我。我是你这辈子遇到的最幸运的人。"

为了证明这一点，他从座位上微微挺起身，直至后视镜照出他整张露齿的灿烂笑脸。

"关键呢？现在对我而言是一个过渡期。如你所见，我在兼职开车。我跑步时受了伤——后来我做了这个手术。有一段时间不能工作，不能跑步。"

"那样必定很受打击。"

饮料架上放着几小瓶矿泉水，乌尔瓦什拿起一瓶，喝了一大口，然后冒着一点小风险接话道："我跑步。不是很长距离，但我喜欢跑步。"

迈克尔再度拍了一下方向盘："猜对了！一看就知道你是个跑步健将！"

"噢，我不知道我到底是否称得上跑步健将。我跑的距离从没超过三英里。"

"毅力问题，"麦克雷说着，竖起两根手指，"相信我，我了解。我跑过铁人三项赛、半程马拉松、全程马拉松……"

她打了个小战，望向窗外。

"哦，那些我绝对跑不了。我不具备……不管那个叫什么。"

"哪里，人人都具备。你想知道秘诀吗？你做这件事是为了享受你在最后关头获得的那种感觉。那个是你寻求的目标。瞧，我们活得轻松自在，对吧？我们拨一个开关，灯亮了。再按一个按钮，食物煮好了。但在跑步时，你将挖掘那层表面以下的东西——进入你内心某个更深的角落。那个角落存在于每个人的内心。问题仅在于重新发现它。假如我们找到了，大家会快乐许多。"

"我相信你讲得对。不过，我现在开始恐怕太晚了。"

"嘿，你没我年纪大。我五十七岁啦！四十二岁时跑了我的第一个马拉松。五十三岁、五十四岁、五十六岁时又跑了。跑到上一次受伤为止。后来他们给我开了奥施康定。哎，自然而然，我对镇痛药上了瘾。从镇痛药变成海洛因。我的意思是，海洛因更便宜呀！那样讲岂不疯了？海洛因更便宜？哎，那接连种种使我麻烦不断。许多麻烦。可怕的是，我竟没那么痛了。你知道吗？也许就该让我一直痛着才对。"

他们在一处红灯路口停下。他在座位上向右扭过身子，想继续讨论疼痛的问题，就在同一刻，在某种恩赦下，她的手机响了一声，又响了一声。迈克尔关切地望着那个电子设备。

"可能是重要的事。你还是接一下吧。"

谢天谢地，她拿起那个心爱之物，从面部表情看，像是有工作或感情上的紧急要务，实际却是开始无所事事地滚屏浏览她的垃圾邮件。

"事实是，我迷失了自我，"迈克尔·麦克雷喃喃道，"完全迷失了自我。"他猛然停下，让一位带着婴儿的母亲穿过马路。"得，人们问我，那么讲是什么意思。噢，让我从实实在在的几千件事情中举一个例子给你听即可。"他看了一眼后视镜。"等你忙完手上的事。"

乌尔瓦什把她的手机面朝下放到座位上。

"事情是这样，我正要穿过公园——路上积雪很厚——去接我的小儿子，他从一场饶舌演唱会出来——"他短暂地深吸一口气，皱起眉头，"唉，要讲出来真难。"

"噢，那样的话，真的，你不必——"

"我人生严重的低谷。这么讲吧，他去看某位饶舌歌手——我现在想不起他的名字。非常有名，这家伙。"

乌尔瓦什连着报了几个她知道的名字，竭力描述每人的外形特征。一时之间，仿佛她余生都将从事这项工作。

"你知道吗？现在我想起来了，我相信此人是个文质彬彬的白人。"

这下范围大大缩小，结果第二次就猜出是谁。

"对！可毒瘾发作的我，满脑子想的仅是：我要打电话给我的药头，在穿过公园的途中拿到东西，这样我可以有时间先吸完，然后去跟我的儿子碰头。正好！瘾君子当下的逻辑就是如此。所以我那么做了。我飘飘然，对吧？我说我的神志。可实际上，我躺在三英尺深的雪里，要不是有条狗溜达过，舔舔我的脸，我恐怕就死在那儿了，死于体温过低或诸如此类的原因。所以好歹当时我醒了，想方设法穿过那片园地，来到体育场区。我看见现场所有孩子，他们个个激情四射——仿佛他们真的活在生命里。我的儿子乔也一样。激情四射！他脸上的表情呀！喂，老实讲，我不喜欢那种类型的音乐——根本算不上音乐。我不以为然——但我站在那儿，心想，且慢：这正是耶稣基督做的事，不是吗？点燃大家的热情。我的孩子激情四射——可我呢，则像一具僵尸。我是行尸走肉。伙计，那一刻我意志消沉。"

"我——我——可以想象。"

她终于抬起目光，不再盯着她的腿；她感到有水在车身两侧流动，湍急得想跟上车子的速度。她用她的毛皮围巾擦去车窗上凝结的水珠。船库。鹅。一身红衣的青年，用力划桨，嘴里呼出白气。

"我无法想象在这种天气下进行水上活动。"她用尽量欢快的语气说,他们谈话的内容似乎已经扯得太远。该怎么讲点琐碎的话来重新变成普通的寒暄?

"一切关乎毅力。过去,我很为我自己的毅力感到骄傲。可能有点过于骄傲了。后来,我彻底丧失了这种毅力。"他再度在座位上向右扭过身子。"克拉克小姐,我能冒昧地问一句,你是哪里人吗?"

"当然。我来自乌干达。"

他皱起眉头,前额上出现两块高高隆起的地方。乌尔瓦什克制住想要往那中间放一根手指的冲动。

"这下明白了,我本以为是巴基斯坦、印度、孟加拉,或甚至也许是伊拉克或伊朗。我没想到是乌干达。"

"哦,以前在乌干达有很多南亚人。"

"啊!"他转回原位。"还有……我能问一下你多大吗?"

"我四十六岁。"

"哇,那个也是我没猜到的。我能说,你看上去年轻很多吗?"

"请便。只有美国人不爱听恭维之语。"

"你的丈夫,孩子——他们在波士顿这儿吗?"

她对这单刀直入的企图莞尔一笑。

"我和我的伴侣住在纽约。我没有孩子。"

他的脸一沉,她忽然觉得很抱歉,因为她给了他不可思议的答案。但要让他死心,得花太长时间,还有太多工夫;需要从许多方面一一表明她生活幸福,她热爱她的工作、有相爱的人、喜欢她享有的自由。转念,她突发奇想地编造了两个不存在的继女,都是十几岁大。

"呀,所以你有经验,"迈克尔·麦克雷说着,心照不宣地咧嘴一笑,"这样吧,让我告诉你一些会让你大跌眼镜的事。我有三个儿子,对吧？地道的爱尔兰裔波士顿人。可我的大儿子，娶的是个非裔美国人，来自芝加哥，所以他的女儿，肤色和你有点像——我二儿子的女朋友是韩国人！得，我的小儿子目前没有对象，但我在想，接下来轮到什么人呢？中国人？是吗？或说不定下一个是美国土——原住民。下一个说不定是美国原住民！重点是：我们都是上帝的孩子。我和我的妻子——我们分居了——但我们喜不自胜。当我第一次见到我棕色皮肤的小孙女时"——他眼泛泪光，一只手松开方向盘，放到他的胸口上——"我的心仿佛变大了，里面新增了一个空间。一个新添的心室。"

对此，他美丽动人的乘客没有讲一句话，只是咬着她血红的嘴唇，望向窗外。他无从知道，她的思绪飘去了奇怪的方向：飘向她假想的继女，此刻让她们住在她自己设计的房间里——犹如一对高高在上的鸟巢，分位于壁炉腔的两侧——整栋房子采用木瓦风格，坐落在一处断崖上，俯瞰一片由沙丘和海草组成的荒凉的海滩，地点在美国或非洲——某个把两者结合起来的理想之地。迈克尔以为他得罪了人，尽可能忍着不出声。他打开广播。启动雨刮器。窥见一个因吸食冰毒而面部变形的女孩走出药房，裤子后面塞了什么东西。暗处的生活。这种生活，他随处可见——像长了一双千里眼——可有什么用呢？他左转向校区驶去。他回头瞅了一眼他的乘客，她带着焦虑的神情，把脸转开。她那侧的车窗蒙上了水汽，一团白雾。她到底能看见什么呢？

3

这项工程耗资六百万美元，被称为一种"再想象"，但在迈克尔

134

看来，像是有人拿了一个用水泥和玻璃做的大箱子，在它底下安上轮子，开着它撞进老图书馆的一侧。可话说回来，图书馆似乎比他记忆中的更加繁忙，新设的每个终端设备前都有人，还有许多人在等着使用这些终端设备。很多游民，从他们的鞋子一看便知：精心自制的产品，不然则是用几双鞋拼凑而成，用强力胶带缠绕在一起。以前他穿上制服，可以与这类人讲话；现在他站着，夹在他们当中，看不出差别，也不引人注意，他在"中庭"等待一位温迪·英格里希小姐，她是高层管理人员。这个新大厅有诸多可出入的口，所以他不知道她会从哪个口现身，最后他中了伏击：感到有根小手指戳了戳他的背。

"温迪小姐。嘿，瞧瞧你。喔唷，你变年轻了吗？"

"我上周过了七十五岁生日，我决定就到此为止。见到你很高兴，迈克尔。"

他们紧紧地握手，对麦克雷来说，他必须掌握一定的分寸。她身高五尺一，体重只有八十磅左右，穿着西服裙套装，握手时他能感觉到她的根根血管和骨头。

"好久不见。"她说。他们各后退一步，愉快地打量彼此。六个月。显然，她不染头发了，那头短小、茂盛的爆炸式鬈发，雪白得似羔羊毛。

"由衷地感谢你今天同意见我，"他说，在荒唐的一霎，他担心自己会哭出来，"意义重大。"

"没什么，没什么，"她一边说，一边打手势，指着这个挑高、明亮的大厅，"如你所见，我们对所有人开放。我讲的是真心话：很高兴见到你。我们去我的办公室吧。"

可她走得很快，总是处于微微领先的位置，许多人停下，向温迪小姐致意或实际有事问她——在中庭，在穿过走廊时——但她没有把这些人中的任何一位介绍给迈克尔·麦克雷。等他们来到她位于这栋老红砖建筑尽头转角处的办公室时，他感觉自己像个苍白的影子，追着这位娇小的黑人妇女满世界跑。

"好吧，我有什么可以帮你的，迈克尔？"

她坐在她巨大的核桃木办公桌后面，细如麻秆的手臂交叠着搁在绿色的台面呢上。麦克雷想到艾丽斯·麦克雷——育有六个孩子，崇拜露易丝·戴·希克斯[1]，她若看到她儿子的这副模样，手拿鸭舌帽，面对一位娇小的黑人老妇，大概会觉得难以理解。

"迈克尔——你没事吧？"

"噢，我很好。"他把手放到两只眼睛上，阻止她继续问下去。"你知道，当全馆上下的人都像这样来问候你，嗯，那种感觉真是很棒。在整件事见报后，我收到很多帮助——很多关爱。"

"你是这个图书馆的一分子。"她说，目光与他直接对视——近来，鲜少有人这样做，她一字一顿的语气，犹如在数着项链上的珍珠。可当她数不下去时，话头断了。

"对，"麦克雷趁着空隙说，"我感觉我有更多可奉献的东西，特别是献给这间图书馆的。我们去年谈的那个老兵项目，我很乐意帮忙付诸实施。我觉得我有许多技能——加上我最近学到的技能，因为我需要说明一点——瞧，这件事我连对我自己的家人也没讲过，但那是来自你给我的影响，我猜——"他有点放肆地笑了一声。"那双眼睛，温迪小姐。你的那双眼睛有几分魔力，能让人吐露真言！我想说的是，过去几个月里，我在我参加的这个项目中学到了许多新技能——

---

1. 露易丝·戴·希克斯（Louise Day Hicks, 1916—2003），美国前众议员，反对种族并校。

而且，噢，一个重大的发现是，我其实是在受训成为滥用毒品方面的辅导员。真的。所以对我而言，这一周事关重大，这周，我合格了——我真心觉得，从警二十五年，加上我本人在滥用毒品问题上的亲身经历，还有目前的培训——我真心觉得我可以在图书馆的活动委员会里担任一个全新的职务，一个真正具有实际价值的职务，那样会大大增进图书馆的功用。"

在他讲这番话期间，温迪小姐始终纹丝不动。她的身后，雪一直下着。她看起来像一位娇小、蹙眉的圣人，雕刻在半圆壁龛的乌木上。

"我无法让你重回委员会，迈克尔。很抱歉。"

雪花落下来。寂静、密集。他向前探身，手紧紧抓着那张办公桌。

"我为这间图书馆筹了多少款？我为这间图书馆参加赛跑，加起来想必跑了两百英里，温迪小姐。两百英里。"

"至少是的。可你主管财务，迈克尔，我想——鉴于近来发生的事——理事会觉得……"

她的话音未停。他不去看她，把目光投向雪，见到区区三十块钱，对折放在一个钱包里——牢房内某个街头小混混的财产——又见到这同样三十块钱在他自己的口袋里，继而他试图把这些保存在他头脑中的画面与闭路电视区分开，不再确定他的记忆到底是来自实际的场景还是录像片段。三十块钱。在法庭上，他把这段录像看得遍数越多，前后发生的事似乎越变得无序、脱节。这段录像与迈克尔·肯尼迪·麦克雷真实的人生有何关系？为什么那一念之差——说来话长，要回到事情还只是一天服用十或十二粒药的时光，为什么就那一下，结果竟成为决定性的举动？琢磨那样的事会把自己逼疯。再者，他不是天天如此，有些时候，他能够短暂地秉持客观的态度，看出这其中

137

没有谜团，没有异常的天数或具体的魔咒。只是他和他的同事经常随口提及的所谓"卡彭效应"。当你注定完蛋时，导致你完蛋的不大会是对的事。

"——这种种因素使我，"温迪小姐正说着，"处于非常为难的境地。毒品的事我们可以既往不咎。但钱……"她摊开双手，做了一个无可奈何的动作。麦克雷站起身。

"我在当警察时——我当了很久的好警察，我权宜行事。素来如此。那是做警察最重要的一点。知道何时该严惩，何时该从轻发落。温迪小姐，我恳请你权宜处置。真的，我求你了。"

她叹了口气，把视线转开。

"你请我做的事，我无能为力。"她站起来。雪。"迈克尔，我和你相识已久。我知道你是个好人，"她开口道，"但只是——"她词穷了。

"我是吗？"他问。

4

"迈克尔？是你吗？"

他抱着最后一个箱子，里面装满乱七八糟、没法归类的东西，这些东西似乎别无去处。他本期望在她到家前收拾完毕。

当她见到他时，她把一只手放在胸口的平坦处："你吓了我一跳。"

"特种部队的脚步，"他说，这句话他以前讲过很多次，"无声而致命。"

她手里拿着一本青灰色的乐谱，巴赫的曲子或什么。

"没事，"她说，"不过阿金森太太很快会来。"

"阿金森太太！"迈克尔一脸惊异地说，"那个老糊涂吗？她在教几个儿子时想必已有六十岁。现在至少该九十岁了。"

"噢，她没那么老。只是衣着上显得老。"

她走上前，往他的箱子里瞅了一眼，抽出一个做成霍默·辛普森形状的鞋拔。她遗憾地微微一笑，把鞋拔放了回去。

"玛丽，你又把门开着呢？"

她否认。但过了一会儿，从头顶传来阿金森太太走路的声音，接着有人弹奏出一个小调音阶。

迈克尔耸耸肩："特种部队的耳朵。"

"不用再从事那项任务，你不高兴吗？"

"那个是工作的一部分。"

"那么，它不是你工作的一部分了，你不高兴吗？"

"总要有人来做。"

"大概是吧。"她说完，转身重新上楼。

"现在我有新的目标了。"他在她身后喊道。她叹了口气，停下脚步。"对我来说，这周像是重大的一周。我找了这份临时的新工作，当辅导员——滥用毒品方面的。"

玛丽能想出许多可以作为回应的话，但她盼着去上她的钢琴课。

"那样太好了，迈克尔。我为你感到高兴。"

"啊，我期待万分。对我而言，这是一个全新的方向。好比是一件我能怀着我的切身感受去做的有用的事。这份感受在我心里藏了许久——也许我本当早一点听从这份感受。那样的话，可以为我们大家免去许多痛苦。我由衷地相信，是在我迈入三十岁后，你知道，我才开始明白，上帝存在于他人身上，他也存在于我的身上。我只能解释那么多。"

玛丽望着麦克雷，他的眼中涌出熟悉的泪水。她直视着他。她想起自己人生各种不同的拍号，与眼前这个多愁善感的男人一起奏出，她的人生让她感觉像一支曲子，他们本身即是里面的音符。开头是匀速小跑，结婚第一年速度大大放慢，那时她必须向自己承认，她缺乏肌肤之亲的欲望。而后，事情变得如此之快——快得令人又怕又喜，几乎抓不住，没有办法让孩子们放慢脚步，或让被他们用出汗的小拳头紧紧攥着的她的人生岁月走得慢一些。所有在车里与球棍和球一起度过的无可挽回的时光，送他们去各个地方，在冰天雪地的球场上为他们加油，看着他们，看着自己呼出的气，遛他们的狗，埋葬他们的狗，铲除车道上的雪，然后，一转眼，看到三个高高的小伙子，比她高得多——全遗传了他们父亲的眼睛，在帮他们老去的母亲铲除车道上的雪。有时，他们在那堆雪里发现一团狗粪，或一盒香烟，或某人的球，但绝无少女时的玛丽。不。没有人知道那个女孩去了哪里。倏！可又重新慢下来——几乎停滞不前——那年，他们切除了她的乳房。慢得像在水下游动一般，不知自己会不会再浮上来。接着，她眨了三下眼，楼梯上不再有男用紧身短裤，没了肮脏的麦片碗，没了用过的避孕套——拙劣地藏在空的品客薯片筒里，没了因颜料变干而硬邦邦的画笔，没了球拍和球。她爱她的孙儿孙女，还有伴随他们而来的那个陌生的世界，可她的儿媳妇表现得和某些女人一样，好像婴儿让整支协奏曲又自上而下地重来一遍。一个美好的想法，但与实际不符，对玛丽而言不符。他们不是她的宝宝。令她伤感的，也并非如人们以前提醒过她的那样，是一间空巢。相反，时间开始小心翼翼地以她破损的躯壳为中心呈现新的形态，她发现自己想要再次与时间独处。那个是她切实的感受——即便迈克尔洁身自好、风风光光地退休，她还是那样觉得。没想到的是，他让一切变得更容易。现在，缓慢的节奏又在召唤——只要她立场坚定，只要她抵挡得住迈克尔·肯尼迪·麦克雷眼中那殷切的目光。然后呢？要事先行。她会躺倒在春日的草坪上，问自己刚刚发生了什么，低头俯视她自己的身体，终于和这个世上的所有其他身体脱离了干系。

/

面见总统！

"结果，你在那里找到什么？"

男孩没有听见这个问题。他站在一处荒废的码头的最前端，以为四周没什么人。但现在他注意到他背后有东西，遂转了过来。

"你在那里找到什么？"

一个很老的人，女的，站在他面前，手紧紧抓着一个小女孩狭窄的肩膀。她们俩是本地人，典型的发育不良、暗无光泽：她们傻乎乎地抬头盯着他。男孩再度转身面向大海。整个星期，他一直在盼着天晴，可以试验那项新技术——对这个世界来说不是新的，但对男孩而言是，现在雨终于停了。灰色的天连着灰色的海。虽不理想，但可以进行。他最好能站在苏格兰的一座史前石堆墓上，或某个别的热带场所，感受背光情况下的清晰度。他最好能——

"你是在用那个看东西吗？"

一只布满青筋的手朝环绕男孩头部的那圈光伸来，仿佛它是有形之物，可以像杯柄似的握住。

"喵，瞧那绿灯，阿姬[1]。那个告诉你东西开着。"

男孩准备行动。他让他手指上的节点与他太阳穴的节点碰在一起，调高音量。

"当然，他一定是个能人，阿宝，他们不把这些东西传给无名小卒"——男孩感到有只手像电击似的触及他本人的肉身。"那么，你是能人吗？"

她曳步走了一圈，直至站到他的正前方，让他无法避而不见。头发像纸一样雪白。一条难看走样的黑色长连衣裙，某种布料材质，还有一副看着像是装了镜片的眼镜。四十九岁，O型血，可能患卵巢癌，有欠了一笔旧债的违规行为——仅此而已。基本，一片空白。那个女孩的情况一样：从未出过国，百分之八十五的几率黄斑部退化，根据数据库的信息，有个叔叔，很久前被定位、消灭。再过两天她将九岁。梅琳达·德拉姆和阿加莎·汉韦尔。她们没有一点血缘关系。

"你能看见我们吗？"那位老妇释放她的电量，拼命挥动双手。她的指尖快碰到男孩的头顶。"我们在那里面吗？我们是什么？"

男孩不习惯被挨得那么近，向前迈了一步。只能一步。再出去是海；上空，天气一团糟，每有一点放晴的迹象出现时，云就聚拢来，遮去晴空。十来架飞行器急速地飞升俯冲，像海鸟捕食鱼似的一头扎下来——它们的体积不比海鸟大，掠过肮脏、泛着浪花的海面，然后返回天空。一切由看不见的手在指挥。来到此地的第一天，男孩追随他做巡回检查的父亲，见到那些手：专心致志的年轻男子坐在显示器前，男孩的父亲在后面，俯身探过他们的肩膀，如同他有时在男孩背后探身，确保他吃了早饭一样。

---

1. 阿加莎的昵称。

"那个东西叫什么？"

男孩把他的衬衫塞进一圈裤腰里："第十二代扩增器。"

那位老妇哼了一声，表示满意，但没有离去。

他尝试直视这两位女性呆滞的棕色眼睛。他的母亲若在的话，大概会那么做，她是个善良的女人，一头如火焰般的浓密红发长及腰间，她对本地人的耐心远近闻名。但他的母亲早就死了，他从未有机会认识她，他正在浪费白天提供的一点仅有的光线。他眨了两下眼，说："肉搏战。"接着，改变主意："武器战。"他低头看他的躯干，现在躯干上挂了数把枪。

"你继续，小伙子，"那位老妇说，"我们不会妨碍你。他看得见所有东西，宝贝儿。"她告诉那女孩，女孩不理她。"他的手里有东西——或他以为他的手里有。"

她从她衣服胸前很深的口袋里掏出一包烟草，利用女孩做挡风板，动手卷一支烟。

"它们这些云，黑压压的。飞奔，飞奔。赢的总是它们。"为了举例说明，她用一根手指抬起阿姬的下巴，试图把那孩子的视线转向天空，可女孩只一个劲儿地呆望着那妇人的手肘。"在我们甚至还没抵达那儿时，它们就会向我们发难。若不是你一定得去，我不会去，阿姬，不可能，在这种情况下不行。我是为了你才这么做。我窝囊、窝囊、窝囊。一辈子如此。我敢说，他正望着炽热的太阳和穿着他们仅剩的衣服的人及赤身裸体的人！你不是吗？你当然是！谁会怪你吗？"她的笑声之响，连男孩也听见了。接着那个孩子——她没有笑，她的面孔苍白，长着一个尖下巴和一双硕大无比、睫毛金色的眼睛，似乎只会做出诧异的表情——拽拉他实际的腿，迫使他暂时静音，谛听她提的问题。

"好吧，我叫比尔·皮克。"他回答，感觉自己很傻，像老电影里的人。

"比尔·皮克！"那位老妇喊道，"啊，皮克这个姓在我们英格兰有着悠久的历史。在南面的萨顿胡能找出左一个右一个姓皮克的！比尔·皮克！你是我们这儿的人吧，比尔·皮克？"

他的祖父母？很有可能。本地人和英国人——或是他的曾祖父母。从他的头发、眼睛、皮肤和名字上可以看出。但他的父亲对这个话题没什么兴趣，男孩自己也从未觉得有必要或想要追究答案。他就是地球人，陪着他的父亲到处视察，不过通常去的地方比这儿更为热闹。这儿真是个破地方，阴雨绵绵！正如之前大家提醒过他的一样。还留在英国的全是没办法走的人。

"你是我们这儿的人，对吧？或可能是诺福克人？他看起来像诺福克人，阿宝，你说呢？"

比尔·皮克抬眼，望着小山上的营地，假装饶有兴致地让目光盯着那十几架盘旋、俯冲的飞行器，仿佛唯独他，作为员工的子女，无需害怕它们。可那位妇女一心想着她的苦差事，那个女孩只顾自言自语地唱着"比尔·皮克，比尔·皮克，比尔·皮克"，冲她自己内八字的脚露出哀伤的笑容。她们没见过外面的世界，所以甚至不明白暗藏的威胁。他从码头跳到冷清的海滩上。现在是退潮时间，让人觉得可以走路去荷兰。他专注于沙滩上几千个螺旋状的小东西——像一团团微型的粪便，延伸至天际。

费利克斯托，英格兰。一个诺曼人的村子；后来，短暂地，成为一处度假胜地，因德国皇室而广受欢迎；曾经一度，捕鱼业兴盛。距今，到这个月，几乎正好一百年，一场罕见的洪水淹死了仅剩的四十八人。多年来，这儿屡遭洪水，大部分地方已无人居住。现在，这座不幸的小镇向内陆后撤了三英里，转移至一座小山上。人口：八百五十人。男孩又眨了两下眼睛；他不太关心历史。他把注意力的范围缩小，集中到单独一团粪上。*Arenicola marina.* 沙虫。海蚯蚓。这些是它们盘起来的脱落物。脱落物？可进行到这儿，他发现他的兴趣再度消减。他摸着他的太阳穴说："四号血头。"然后："华盛顿。"他是第一次进到这一级。另一个世界开始围绕着比尔·皮克自动生成，一座位于小山上的闪闪发亮的城市。

"可怜的小东西，"梅琳达·德拉姆说。她坐在码头上，两条腿悬荡着，把女孩拉入她的怀里，"她因伤心过度而变得痴呆。我们要去准备葬礼。阿姬的姐姐今天下葬。她最后仅剩的亲人。诚然，冷酷的事实是，阿姬的姐姐跟败类差不多，为她举行葬礼，那阵仗是太优待她了——还不如把她丢在这儿的海滩上喂海鸥呢。但我那样做不是为了她。我是为了阿姬。阿姬知道原因。阿姬一直是我在各种事情上的得力帮手。"

在等待之际，随着配乐声的响起，男孩无所事事地查了一条他父亲发给他的消息：他预计可以什么时候返回营地？他预计可以什么时候。这样的措辞是个可喜的进步，一种询问而非命令。今年五月，他就十五岁啦，即将成人！一个成年人可以告知另一个成年人，他预计可以什么时候，并且假如他有意，可以由着他的性子不急于告诉他。他做了几个基本的伸展动作，踮着脚蹦了几下。

"莫德，那个是她的名字。她将被安葬在她出生的那座教堂的尖塔下。十二岁。可俨然像个娼妇——"梅琳达捂住阿姬的耳朵，女孩靠过来，误把这个动作当成疼爱之举而没有反抗。"淫乱得让她看起来像个干瘪的丑老太婆。比尔·皮克，你若住在这一带，估计会熟悉莫德此人，你明白我真正的意思吧。你会里里外外对莫德了如指掌。

骇人呀。不过阿姬完全是另一类人，谢天谢地！"她松开阿姬，轻拍她的头。"现在她一个亲人也没了，所以由我出面，我这个傻瓜，虽然自己有忙不过来的活儿，却要带她去安排葬礼的事。"

男孩放了若干手榴弹在他身上。在通路全球学会的每处分会（位于巴黎、纽约、上海、内罗毕、耶路撒冷、东京），男孩兴致勃勃地与朋友讨论一个问题，这个问题是，以"既成的事实"为中心、通过合并手头现有的一切（那个称作"变量标记"，乐趣在于不可预测性）来扩增现实，或选择基本没有可加工的事实的点，哪种做法更佳。让男孩心动的是后一种。他想要在干净、空白的地方扩增现实，那样，他可以自由地全面拓展，不受阻碍。他顺着海滩望去，沙子里的一道道油污痕迹，此时被一层反光的路面所覆盖，国民警卫队排列在两侧，向他敬礼。这儿距离白宫三英里。他挑了一对丰满的乳房安上，这么做有他自己的原因，又选了一条带鳞片的长尾巴，用于勒杀。

"呀，见他妈的鬼——能不能劳烦你帮我个忙，照看阿姬一小会儿，可以吗？我忘带我的念珠了！没有念珠，我不能去葬礼。它比我的命更重要。噢，阿姬，你怎么让我没带念珠就出门了？她是个好姑娘，但她有时粗心大意——她的姐姐也粗心大意。比尔·皮克，你能照看她一下吗？我很快回来。我们就住在老圆形石堡旁边的那座小山上。给我八分钟。只要八分钟。你愿意帮我一下吗，比尔·皮克？"

比尔·皮克点点头，朝右一下，朝左两下。刀子从他的袖口射出去，像一片蕨类植物的叶子般美丽地散开。

大概过了二十分钟，在他靠近那堆碎石——以前是一座有名字的纪念碑，被敌人的飞行器炸毁——之际，年少的比尔·皮克再度感到自己背后有个东西，他转身，发现阿姬·汉韦尔把她的拳头塞在嘴里，眼泪直流，下颌一上一下地动着，显得异常痛苦。由于爆炸声，他听不见她的话。他不情愿地按了暂停。

"她不会回来了。"

"什么？"

"她走了，可她不会回来啦！"

"谁？"他问，但接着把滚动条往回拉，直至找到答案，"梅·德拉姆吗？"

女孩朝他投来那不变的诧异表情。

"我的梅利[1]，"她说，"她答应带上我，可她走了，她不会回来啦！"

男孩迅速查到梅·德拉姆的位置——既是情势所逼，也是做善事，把这条信息透露给女孩，对他而言是新鲜的体验，用的是她似乎能够接收这条信息的唯一方式。"她在两英里外，"他借助他自己的嘴说出，"在向北行进。"

阿姬·汉韦尔一屁股坐在湿漉漉的沙子上。她在手里转着某个东西。男孩看了看，得知是玉黍螺——一种海里的蜗牛！他退缩了一下，讨厌那种在地上爬行滑动的东西。不过这只其实是坏的，里面什么也没有，只透出珍珠般的光泽。

"所以她讲的全是谎话，"阿姬说着，夸张地把头往后一仰，凝视天空，"加上它们中有一个拿了我的号码。我没做过任何坏事，可梅利还是走了，丢下我，它们中的一个一直跟着我，从码头开始——甚至在抵达码头以前。"

"假如你没做过任何坏事，"比尔·皮克学他父亲严肃的口吻说，"你没什么好担心的。这套系统精密准确。"照他从小受的教育，他对

---

1. 梅琳达的昵称。

那类散布关于此程序的错误信息的人不抱希望。不过随着他比以前成熟，他对他父亲那个世界的错综复杂有了新的认识。偶尔，那些意图不良的人不是正巧与善良的、纯洁的或未成年的人站在一起吗？在那种情况下，能绝对保证精密准确吗？

"总之，他们不追踪儿童。你什么都不懂，不是吗？"

听到这句话，女孩笑出声——一种苦涩、怀疑的尖笑，与她白皙的小脸蛋格格不入，一时间，比尔·皮克犯了个错，心中稍有触动。可她只是在模仿她的长辈，如同他模仿他的长辈一样。

"回家去吧。"他说。

她没有回家，而是开始把脚埋进湿漉漉的沙子里。

"每个人分到一个好天使和一个坏天使，"她解释道，"如果选中你的是坏天使"——她指着一架向低空俯冲的飞行器——"无路可逃。你完蛋了。"

他惊讶地听着。诚然，他一直知道有人是这么想的——上六年级时，你给他们安过一个模组，但他从未遇见过当真怀有这种想法的人，他的人类社会学老师林先生称这种想法是"泛灵论者的信仰"。

女孩叹了口气，用手舀起更多沙子，添加在她先前拢在脚背上的两堆沙上，把沙堆拍实，直到包住她的脚踝为止。与此同时，在她四周，比尔·皮克的大混战场景凝固住了——一个牛头人怪物坐在亚伯拉罕·林肯的石像腿上，十几个精心安放的临时爆炸装置等待引爆。他急切地想回去。

"必须前进。"他说着，向那条长长的海滩的尽头指去，可她举起双手，她想要人把她拉起来。他拉了她一把。她站起来，缠着他不放，抱住他的膝盖。他感到她的脸湿湿的，贴着他的腿。

"噢，错过葬礼真是倒霉透顶！只有梅利知道该去哪里。她把整个镇都装在这儿，"她说着，拍拍她的太阳穴，令男孩莞尔一笑，"全凭记忆。没有人像梅利那样熟悉镇上的情况。她会说：'这个以前在这儿，但他们把它拆了。'或是：'这儿有家酒吧，墙上留着一个记号，标出水位上涨的高度。'她记得所有的角角落落。她是我的朋友。"

"某个朋友！"男孩表示。他成功地将女孩剥离他的身体，沿着海滩大步前行，一帮俄国突击队员跳伞进入他的视野，他与他们交火。他的旁边有疾走的身影跑过；有时是一条狗，有时是机器人，有时是一群抱团的老鼠。她的声音从画面里升起。

"我能看吗？"

比尔·皮克取出他左侧一头幼鹿的内脏。"你有扩增器吗？"

"没有。"

"你有补体系统吗？"

"没有。"

他知道他很残忍——但她正在毁掉他的注意力。他停止跑步，把视像一分为二，以便更容易用目光压倒她。

"别的系统呢？"

"没有。"

"那就没办法了。不行，你不能看。"

她的鼻子粉嘟嘟的，上面挂着一滴水珠。她具有一种几乎在求人将它腐蚀的纯真本色。比尔·皮克可以想象，在他认识的那些通路学会的少年里，没几个人会犹豫。然而，作为员工子女，人们对比尔·皮克的要求标准不同。

"吉米·凯恩有一个——他是莫德的男朋友，她主要的男朋友。他飞进去，然后飞出来——永远搞不清他什么时候会再飞进去。他在军队里当指挥官。他有一个老的那东西……但说还可以用。他说那东西让她在他们干那事时看上去更漂亮。他也是不知从哪儿来的人。"

"不知从哪儿来的?"

"和你一样。"

不是第一次,男孩被这个世界巨大的人类奥秘所震动。他快十五岁,即将成人,这个世界巨大的人类奥秘,遵照要求,定期给他一次与他的发展阶段相符的震动。(通路全球学会简介上的话:"我们的学生到十年级时,开始洞悉这个世界巨大的人类奥秘,对本地人、穷人、空想家及所有那些选择设法限制他们自身人的资本、不时会让我们觉得这种资本难以理解的人,产生特殊的同情。")从他六个月大、首次注册入学时起,他完成了通路学会给在校生设定的每个指标——走路、说话、剥离、重组、编程、扩增,所以当他发现自己与一个年近九岁、完全蒙昧无知、稀里糊涂、发育极其低下的孩子面对面时,受到的冲击益发强烈。

"这儿"——他指费利克斯托,从留着粪便似的脱落物的海滩和破败的码头,到只剩空壳的建筑物和没用的防洪石堤,再到那座小山,他的父亲在山上盼望他如期回去——"不算一个地方。如果你不能迁移,你就是一个不知从哪儿来的无名无姓的人。'资本必须流动。'"(最后这句是他学校的校训,不过她无需知道那一点。)"好,你若要问我在哪儿出生,我降生这件事发生在曼谷,可不管我在哪儿出生,我始终是原保安集团的一员,我的父亲在该集团任职——我获准参与集团的最高机密工作。"他惊讶于最后这句弥天大谎令他何等快乐。那种感觉犹如在讲一个故事,但用的是全新的方式——一个无法核实或查证的故事,只有最天真无邪的人才会采信。必须是一个没接触过任何东西的人。以前他从未遇到过这样的人,只能在本地极小的圈子里打转,海滩上的一块粪便。

男孩受到触动，突然弯下腰，温柔地摸了摸女孩的脸。在他做出那个动作时，他预感到自己看上去很可能像是某个一神教的首位先知，在赐福一位刚皈依的教徒。他重新看了一遍那段画面，发现果然如此，遂把它发送出去，给林先生、还有和他一起在通路学会上学的少年，请同行评审。它想必能算作完成第十九单元课程的学分，这个单元强调体谅一无所有的人。

"你想去什么地方呢，我的孩子？"

她感激地面露喜色，小手紧紧抓着他的手，最后几颗泪水滚入她的口中，顺着她的脖子淌下来。"圣裘德！"她喊道。在她讲个不停的同时，他给自己重放了一遍那段画面，加了一点注释，向林先生说明事情的原委，然后他重新集中注意力，听她一连串的叨叨："我要和她道别。我会亲吻她的脸和鼻子。不管他们怎么说她，她是我的亲姐姐，我爱她，她将去一个更好的地方——我不在乎她是不是全身冰凉的在那座教堂里，我要抱她！"

"不是教堂，"男孩纠正道，"韦尔街十四号，建于 1950 年，起初是民居，位于洪泛区，被宣告不安全。'圣裘德'所在地——本地异常者的集中点。非官方组织。"

"圣裘德是她将被安葬的地方，"她说，捏了捏他的手，"无论她的身体有多冷，我都会亲吻她。"

男孩摇摇头，叹了口气。

"我们走的是同一个方向。跟我来吧。不准讲话。"他把他的手指按在嘴唇上，她温顺地低头、收拢下巴，似是听懂了。他重启，给她插上显著的标记，将小阿姬·汉韦尔变身为他的帮手，与他为伴的精灵，一头造型优美、毛色微红的狐狸。令他一惊的是，视觉上，它与原版的狐狸像极了，显然这种动物曾普遍存在于世界上的这个地区。

她有了个新名字，叫米斯图斯，负责掩护他的左侧，当比尔·皮克把卖国贼副总统扣为人质、拿刀抵着他的脖子、拖着他经过国家广场时，她默默地对他心生钦佩。

过了一阵，他们来到海滩尽头。从这儿开始，沙子逐渐变成鹅卵石，继而变成一个布满岩石的小海湾，好多东西被冲刷走了，只剩藤壶拼命地附着在那儿。在他们头顶，飞行器正将结束突袭任务，像蜜蜂般聚成一团，齐齐返回位于营地的降落区。比尔·皮克和他的精灵也快走到旅程的终点，距离踢开椭圆形办公室的门还差几步，如果一切顺利，他们将在那儿见到总统，人们会感谢他们的行动。可在这个节骨眼上，不明所以地，比尔·皮克开始走神。尽管有许多世界各地的朋友在观看（每个第一次上场的少年，若能在合格、乃至创纪录的时间内成功见到总统，将获得一定数量的威望），但他不知不觉停下来，爱抚米斯图斯，担心他的父亲会不会在此行之后解除他的扩增器。这个扩增器一开始是用来贿赂、讨好他的，没有办理登记手续。比尔原想整个夏天都待在东京校区，然后在海啸季来临前转至挪威，过一个宜人的秋季。他的父亲想把他留在身边，在这儿，在这片潮湿、没有灯光的昏暗地带。一台第十二代扩增器是折中的方案。但这些较新型号的产品存在安全隐患，容易被黑客侵入，员工子女本不能配有会被入侵的设备。那样说明我的父亲多么爱我，比尔·皮克暗自希望，那样说明他多想我陪在他的左右。

以前，男孩相信最有力的爱的证明是担保绝对的个人安全。他可以用一只手数出他遇见本地人的次数；对激进分子，他一无所知；他外出时使用的交通工具，每种可容纳的人数不超过四。可现在，即将成人的他有了新的想法，换了个视角看待问题，他希望这个想法能因其体现出的与年龄相称的交叉性而赢得林先生的赞许。他靠在椭圆形办公室的门上，把他的想法发送给整个通路学会的人："敢于不顾个人安全，有时也是一种爱的表示。"感觉受到启发，他把视像一分为二，让他可以暂停，再次欣赏这个世界人的奥秘，斜杠，他取得的成就。

他发现自己正靠在一块黏滑的石头上，他的手指被缠绕在阿加莎·汉韦尔不洁的头发毛囊里。她看见他正望着她。她说："我们到了吗？"她重如泰山的纯真给他壮了胆。他们离韦尔街尚有五分钟。这点时间对他来说还不够吗？无论那扇门的后面有什么，都是出自比尔·皮克的调遣，残酷、美丽；他会挺身而出，走进他的命运。他会面见总统！他会与总统握手。

"跟我来。"

她飞快地爬过那些岩石，可能甚至比他更快一点，像动物似的手脚并用。他们右转，左转，比尔·皮克割了许多人的喉。血沿着椭圆形办公室的墙流下来，染红了总统印章，一群欢呼着、表示良好祝愿的无名氏从打开的窗户拥入。就在这时，米斯图斯与他走散，夹在这些人中间，被他们轮流抚摸、当作宝贝。

"这么多人来看你的莫德。有益于灵魂。"

"你好吗，阿姬，亲爱的？撑得住吗？"

"他们把她从天上打了下来。砰！'公开的堕落'。我想说，到底怎么回事！"

"到这儿来，阿宝，给我们一个拥抱。"

"和她在一起的那人是谁？"

"瞧，那个是她的妹妹。全看见了。可怜的小东西。"

"她在里屋，孩子。你可以直接穿过去。你比谁都有资格。"

比尔·皮克知道的仅是地上躺着许多尸体，露出一块空地，让他可以上前。他像个国王似的走过去。总统向他敬礼。两个男人握手。但灯光出了点故障，接着又出现故障；庆祝仪式陷入一片令人火大的黑暗中……男孩摸了摸他的太阳穴，气得面红耳赤：一个天花板很低的起居室进入视野，肮脏的窗户，一块破烂的网眼帘子使屋内显得更加昏暗，整间发霉的陋室仅靠蜡烛照明。他连一条手臂也伸不开——到处是人，本地的，让鼻子、让所有别的感官都难受得不得了。他努力想找出阿加莎·汉韦尔在哪里，但她的精确坐标位置在这儿用不上；她被这群人团团围住——他要接近她难如登月。一个胖男人把手放在他的肩上，问道："小子，你没跑错地方吧？"一名仅剩几颗牙齿的烦人婆娘说："随他去。"比尔·皮克感到有人从后面推了他一把，把他推入更深的黑暗中。一首歌响起，是人的声音在唱，虽然每个人唱得很轻，但像这样把声音并列起来，犹如风中成排的小麦，这些声音组成一个怪异的整体，同时具有沉重和轻快的特点。"因为我不希望再回到……因为我不希望……"统一的歌声，好似一头巨兽在呜咽。只需一架飞行器，携带匹配的重武器，即可把他们全体干掉，可他们似乎无惧于此。摇摆、歌唱。

比尔·皮克摸了摸他出汗的太阳穴，试图专心阅读他父亲发来的一条长消息——讲到早上一次成功的视察和墨西哥的情况，但他被许多双手推着，不断向前，直至碰到房间后面那堵墙，那儿有个长盒子，用你在海滩上见到的那种被水冲上岸的木头制成，放在一张朴实无华的桌上，盒子四周点着蜡烛。歌声变得益发响亮。然而，当他从他们这伙人中间穿过时，他们中无论男女，似乎个个都只是在喃喃地演唱。接着，一个儿童的声音发出哀号，像木棍插进沙子般划破这一切，那声音尖锐、高亢，像是一头小动物，当你纯粹出于无聊，折断它的腿时，它发出的那种叫声。他们继续推他；烛光下，他把眼前的一切看得一清二楚——这些人一身黑衣，痛哭流涕，阿姬跪在桌旁，在那个用漂流木所制的盒子里，一具实际存在的女孩的尸体，年少的比尔·皮克生平第一次看到那样的对象。她的头发是红色，烫成孩子气的大波浪卷，她的皮肤很白，绿色的眼睛圆睁着。一丝笑意让她牙齿间的缝隙露了出来，并暗示着她知道秘密，这种笑容，以前他曾在享有最高绝密级许可、掌握大权的人的成功的儿子身上见过——这些少年永远是赢家。可最震慑他的是感到在那个阴森的房间里，有别的某个人或某样东西，既看不见又在现场，并正向他，也向每个人扑来。

/

两个男人来到村子里

　　有时骑马，有时徒步、开车或骑着摩托车，偶尔开着坦克——远远偏离主方阵，间或驾驶直升机，从天而降。不过假如我们尽可能扩大视野、拉长视线，必须承认，他们最常采用的方式是徒步，所以起码，在这个意义上，我们的例子具有代表性；事实上，它是一个完美的寓言。两个男人徒步来到村里，永远是村子，不是城镇。假如两个男人来到一个镇上，他们显然会伙同更多男人，携带更多补给——那是简单的常识。可当两个男人来到村子里时，他们的工具可能仅是他们自己那双肤色或深或浅的手，视情况而定，不过一般手里会持有某种类型的利器，矛、长剑、匕首、弹簧刀、大砍刀，或只是几把生锈的旧剃须刀。有时是枪。视情况而定，并随情况而变化。我们可以打包票的是，当这两个男人来到村子里时，我们立刻会发现他们，远远望见他们位于通往邻村那条长长的路与落日交汇的点上。我们明白他们在这个时候来意味着什么。不管他们到的地方是哪里，历来，日落对两个男人来说是一个好时机，因为在日落时，我们仍聚在一块儿：女人刚从沙漠、从农场、从市区的办公所，或从冰冷的山里回来，孩子们在有小鸡跑来跑去的尘土中，或在高耸的单元住宅楼外的社区公园里玩耍，男孩躺在腰果树的树荫里乘凉，躲避可怕的热浪——要不就在一个遥远、较冷的国家，在涂鸦铁路桥的底面，而最重要的，也许是十几岁的少女走出来，在她们住的茅舍或房屋前，穿着牛仔裤、莎丽或莱卡迷你裙，或蒙着面纱，清洗或准备食物、或绞肉，或拿着手机发短信。视情况而定。作为壮劳力的男人，不管在哪儿干活，都尚未回来。

夜晚也有其好处，无人能够否认，两名男子深夜到来，或骑马、或徒步、或前后挨着骑一辆铃木机车、或坐在一辆向政府征用的吉普车的顶上，从而取得出其不意的效果。但黑夜亦有其不便之处，加上这两名男子每次到的是村子而非城镇，所以假如他们是趁着夜色而来，迎接他们的几乎总是漆黑一片，不管你在这个世界的什么地方或他们漫长历史中的哪个阶段遇上他们都一样。在那般黑暗中，你无法完全肯定你抓着的脚踝属于谁：一个丑老太婆、一位人妻，还是一名芳华正茂的少女？

不用说，其中一人高个子，颇为英俊——俗气意义上的英俊，有一点愚钝和凶残，另一人则矮一些，尖嘴猴腮，是个滑头。这名矮小、狡猾的男人靠在标记着村子入口的大幅可口可乐广告牌上，举起一只手友好地打招呼，他的同伴则取出他一直嚼到那一刻的一小块口香糖，把它扔在地上，微微一笑。他们也可以同样靠着一根路灯柱，嚼着口香糖，空气中可能飘着罗宋汤的味道，但在我们村子里，我们不煮罗宋汤——我们吃北非小米和方头鱼，空气中飘的是方头鱼的味道，甚至直到今日，我们仍难以忍受那味道，因为它令我们想起两个男人来到村子里的那一天。

高个子那人举起手友好地打招呼。到这一刻，酋长夫人的表姐——正好要穿过通往邻村那条长长的路——觉得她别无选择，只能在高个子男人的面前停下，他的大砍刀在阳光下明晃晃的，她举起手，但在做这个动作时，她的整条手臂颤抖着。

这两个男人喜欢以这种方式宣告他们的到来，一个算有几分友好的招呼，这一点也许提醒我们一个事实：每个人，不管他们干什么，都非常希望博得别人的好感，即便这份好感只持续一个小时左右，接着他们将成为人们害怕或憎恨的对象——或许更确切地说，他们希望给他们激起的那份恐惧掺入别的因素，像是渴望或好奇，从而使之膨胀，但归根结底，恐惧始终是他们想达到的主要目标。有人给他们做吃的。我们主动为他们烹制食物，不然则是他们开口要求，视情况而定。其他时候，在一栋被雪覆盖的荒废的公寓楼的十四层——一个纵向形态的村子，这两个男人会挤坐在一家人的沙发上，对着他们的电视，看新政府播送的报道，那个他们刚通过政变而建立的新政府。这两个男人会嘲笑他们的新领袖，戴着那顶滑稽的帽子，在阅兵场上大步走来走去，他们会一边笑，一边搂着那家人在看电视的大女儿的肩，据说是出于同志情谊，但搂得有点过紧，女孩哭哭啼啼。（"我们不是朋友吗？"那个愚钝的高个子男人会问她，"我们这儿的人不都是朋友吗？"）

上述是他们到来时的一种情形，但他们到这儿来时不是这样，我们这儿没有电视，没有雪，大家住的都是平房。然而结果是一样的：死一般的寂静和期待。另一个年纪小一点的女孩把盛了食物的盘子端给这两个男人，或者，照我们村子的习俗，全装在一个碗里。"真他妈的好吃！"那个英俊的高个子笨男人说着，用他肮脏的手抓起方头鱼。那个獐头鼠目、狡猾的小男人说："啊，我的母亲以前常做这道菜，愿上帝使她卑鄙的老灵魂得到安息！"他们各自腿上坐着一个女孩，他们一边吃，一边颠着女孩玩，上了年纪的妇女紧靠着住处的墙，哭泣流泪。

吃饱喝足后——倘若那个村子允许喝酒的话，这两个男人会四处走一走，看眼皮底下有什么东西。现在是偷盗时间。这两个男人每次都要偷点东西，但由于某种原因，他们不喜欢用"偷"这个词，他们伸手取你的手表、香烟、皮夹、手机或女儿，尤其是矮个子，他会讲些冠冕堂皇的话，像是"谢谢你的礼物"或"我们感激你为这项事业做出的牺牲"，但这样会让高个子哈哈大笑，从而破坏了矮个子试图想要达到的任何庄严效果。在他们挨家挨户、想拿什么就拿什么的过程中，某一时刻，会有一名勇敢的少年从他母亲的半身裙后面跳出来，试图制服那个矮小、狡猾的男人。在我们村里，这名少年十四岁，我们大家以前常叫他青蛙王，原因是，有一次，在他四五岁时，有人问他，我们村里谁最有本领，他指着院子里一只丑陋的大蟾蜍说，"它，青蛙王。"当人们问他为什么时，他解释道，"因为连我的父亲都怕它！"十四岁的他勇敢却鲁莽，正因为如此，他臀部宽大的母亲打算把他藏在她的裙子后面，仿佛他是个小宝宝。但确有匹夫之勇这种东西，真实、顽固、难以解释，存在于这儿、那儿、各种不起眼的小地方，虽然基本每每是徒劳，但一旦见过，仍然令人不易忘怀——好似一张非常美丽的脸或一条雄伟的山脉，不知怎的让你对自己不再有无限的期望。接着，大概有预感，愚钝的高个子举起他闪闪发亮的大砍刀，结果了男孩的性命，那流畅连贯、毫不费力的动作，如同摘掉一朵花的花头一般。

一旦流血，尤其是这么大量的血，局面便开始失控，所有表面上欢迎、奉食、威胁的举动似乎顷刻间化为血腥的混战。通常在这样的时刻，酒喝得更多，奇怪的是，村里的老人——虽是男的，却无防卫能力——此时往往会自己夺过瓶子，一边痛饮一边哭泣，因为不但投身血腥的混战需要勇气，连当个坐以待毙的旁观者也需要勇气。可那些妇女啊！回想起来，我们真为我们女性感到骄傲，我们站成一队，彼此手挽手围成圈，保护我们的姑娘。那个愚钝的高个子男人变得焦躁不安，往地上吐口水——"这帮臭娘们儿怎么了？等待已结束。再等，我会醉得不省人事！"——狡猾的矮个子抚摩酋长夫人表姐的脸（酋长夫人在邻村，探望家人），用小声、会意的口吻讲话，如同革命有望成功的厉害角色。我们明白，古代的妇女这么站着，在白色的界石和蓝色的大海旁，近来在拜象头神的村子里，在其他许多地方，新老地方都有。不管怎样，在那一刻，我们女性无意义的勇气，虽不能阻止两个男人来到村里、犯下滔天罪行——从来不能、将来也永远不能，却有种格外动人的力量，而且是有那么一瞬间，愚钝的高个子似乎被吓到、犹疑了一下，仿佛眼前朝他吐口水的女人是他自己的母亲，但那一刻稍纵即逝，狡猾的矮个子往吐口水那妇女的裆部踢了一脚，队形散了，血腥的混战照老样子长驱直入。

第二天，人们一再讲述事件发生的经过，各种残缺、破碎的版本千变万化，很大程度上取决于提问的人是谁：士兵、丈夫、拿着一块写字夹板的妇女，邻村一位怀着病态好奇心的来客，或是从她嫂子住处归来的酋长夫人。大部分人会特别重视某几个问题——"他们是谁？""这几个男人是谁？""他们叫什么名字？""他们讲什么语言？""他们的手上和脸上有什么标记？"——但在我们村里，我们非常幸运，没有死板的官僚，有的仅是酋长夫人，说到底，在我们眼里，她的威望素来胜过酋长本人。她长得又高又俊，狡猾、勇敢。她信奉哈麦丹风，那股风把这儿吹热，把这儿吹冷，视情况而定，人人吸入那股风——没办法不吸入那股风，但只有部分人会在血腥的混战中呼出那股风。在她看来，这样的人变得完全等同于哈麦丹风，他们失去自我，没了姓名和容貌，他们无法再声称自己仅是刮起旋风的人，他们本身即那股风。当然，这么讲是一个比喻。但她把这个比喻当成行动准则。她径直朝那些女孩走去，要听她们的叙述，发现有一人，因酋长夫人的慰问态度而鼓起勇气，讲出她经历的完整版本。最奇怪的是结局，狡猾的矮个子以为自己坠入了爱河，事后，把他汗津津的脑袋枕在这个女孩赤裸的胸部，告诉她，他也是一名孤儿——但他的命更苦，因为他当了许多年孤儿，而不是短短几个小时——他有名字、有灵魂，并非只是恶魔，也是一个受过所有男人受的苦的少年，见识过恐惧，现在只想跟我们村里的这个女孩生儿育女，生许多强壮漂亮的男宝宝，还有女宝宝。对呀，怎么能不要女孩呢！住在一个远离所有村庄和城镇的地方，有这么一大群孩子整天围绕着这对夫妇，保护他们。"他想让我知道他的名字！"这个女孩喊起来，依旧被那样的念头所震惊，"他毫无羞耻心！他说他不想以为，他穿过了我的村子、我的身体，却没有人关心他叫什么。那个可能不是他的真实姓名，但他说他叫——"

可我们的酋长夫人忽然站起，离开房间，走到外面的庭院里。

/

解构凯尔索

　　人物是凯尔索和奥利维娅，一对情侣。地点设在一间租来的陋室，位于贝罗贝洛的贝文顿路。这个房间本是凯尔索的，直到五个星期前，奥利维娅搬了进来。凯尔索的老家在安提瓜。他是个木匠。奥利维娅是来自牙买加的见习护士。他们订了婚，准备结婚，但他们永不可能结婚：在下一句话来临之际，日历将翻到 1959 年 5 月 16 日，星期六，凯尔索在世的最后一天。我们在世的最后一天有个特点，我们几乎从不知道它是最后一天——由此产生"戏剧性的反讽"，凯尔索也同样蒙在鼓里。他满脑子是他拇指的痛和屋内的热。那骨折发生在不寻常的部位，拇指根部，最末的关节：在医生装的临时夹板底下，他能感觉到骨头仍然松动。那痛楚难以忍受，不知怎的让人觉得丢脸。他不想为了一根拇指诉苦，令她厌烦，也不想在她的注视下打不开一扇窗，但那边框粉刷得马虎草率，被封死了，似乎没有一点可移动的迹象。她站在他身旁，急需在这个酷热难耐的下午透口气。凯尔索用掌心抵着窗框。铆足劲。

　　"要不你就打个电话给这位雷诺兹先生，问问他……"

"噢，我会的，莉薇[1]，我一定会。"

他们俩心知肚明，他不会做这样的事。雷诺兹认为他把房子租给他们已是圣人之举（"好多人可不会！"），有什么问题一概不理，连对二楼那户爱尔兰人也是如此。凯尔索微微屈膝，想用更多力气把窗户顶开——莉薇恳求他算了，就在这时，他的右手打滑，拇指重重地撞到窗锁。他发出长长的、可怜的呻吟。他弯下身子，看着她走上前，使劲推动窗框。小块干掉的油漆纷纷飘落到地毯上。空气流通了一点，但不多。

"嚯！我要娶的是个女强人！"

"假如你想见识一下真正的、名副其实的肌肉，去道尔顿看看我的姨妈 P 吧。她能把你举起来！举得很高！你若以为我这样就算强壮，那是你大惊小怪。"

"瞧，那么说来，我应当向另一位埃林顿小姐求婚才对。不过且慢：我想知道，这位姨妈 P 长什么样？"

奥利维娅大笑起来："有三个男人并排那么宽。"

"原来如此，原来如此……"

凯尔索用他没受伤的手环住奥利维娅的腰，搂紧她。他们一起看着窗外，眺望诺丁山。今天是降灵节法定假日，今年以来最热的一天，街上颇为冷清，只有几小簇人围聚在酒吧和邻街街角的多米诺骨牌屋的门外。他意识到，事实上，眼下许多人正搭乘火车和长途汽车，前往海滨或其他风景宜人的场所。他负担不起和她去那样的地方，但星期六仍是他们的宝贵时光，如同星期六是所有劳动人民的宝贵时光一样。星期三在车间，当锤子落到他的拇指上时，他心中的第

---

1. 奥利维娅的昵称。

164

一个念头是：赶快好起来。不管将要面临的是什么——痛楚、医生、上药房取药、各种麻烦事，上帝啊，但愿到星期五晚上能全部完结。可今天一上午，在和奥利维娅一起逛周六集市时，虽然每当她指着一个做工细致的篮子、一个外观诱人的芒果或一口黄铜旅行钟时，他都微笑点头，但他心里唯一真正在想的是：拇指，拇指，拇指，拇指。他的弟弟马尔来串门时也一样。他可爱的弟弟没忘带上姜酒，给他们讲了一大堆从故乡传来的新的小道消息和从麦维他饼干厂工人那儿听来的逗人发噱的粗俗故事，但凯尔索无法像往常那样从中获得乐趣。他没精打采地坐在椅子上，他的手一动不动，夹在他的大腿与座椅扶手之间，一本《读者文摘》摊开在他的腿上。这下只好任由马尔霸占凯尔索珍爱的唱机，此刻，他用那唱机放了六首忧郁的经典爵士歌曲——《我将要见到你》《他们不能把那从我身边抢走》《一想到你》，每一首唱的都是失去、死亡和爱，因而在主题上与即将发生的事一致。

但凯尔索，被困在生命的尾流中，没有读者或作者的事后之见，能想到的只有他自身的痛，到这个时候，这种痛不是骤然或偶尔的刺痛，而是呈发散状、持续不断、耗费心神。他让马尔与奥利维娅跳舞。他没有跟着一起唱歌，也没有对任何事多加点评。他尽最大努力阅读他腿上的字句。那是一篇外国小说，俄语的，经过翻译，并为方便劳动者而进行了缩减，故事讲的是一个律师之死。由于这个原因，凯尔索怀着特殊的兴趣翻到这一篇：法律是他本人的志向；他盼望有一天能上得起法学院。但这个故事写得艰深晦涩。他花了昂贵的订阅费才读到它——一年两先令，他试图不老去想着那价钱，因为假如他老想着，他知道他会取消订阅。问题是，几乎不可能说得准，对像他本人这样的劳动者而言——每个先令都至关重要——读到什么程度才算没白花两先令，而且也很难说，就算你读了，你读的这些东西——即使你一整年把每本月刊从头至尾通读一遍——究竟值不值两先令。文字显然不同于唱片、真丝手帕或几款他正好中意的帅气的马甲——仅余的他曾考虑花两先令买的有形物品。不，文字和那些不一样。文字和什么一样呢？似乎根本就没办法知晓。他猜想连受过教育的有钱人也不知道答案，在这点上和他一样——他们只是不管知不知道，都不惦念那两先令。

眼前这个故事，他至少已经读了一个月，坦白讲，他自觉不是很看得懂，但他仍因里面的句子而十分喜欢它，那些句子似乎时不时在描写他本人——换言之，写的是凯尔索，不过诚然，他明白，它们实际指的是故事里这位神秘的俄国人物，伊万。他住在一栋凯尔索无法想象的房子里，所处的时代和背景距今未免太久远，让读者觉得不像真的，无论他是不是劳动者都一样。上周，这个故事让人觉得离他自己的实际生活格外遥远——几乎到了不可理解的地步。他原以为的一个法律故事，结果变成更多是关于痛、锥心之痛和悲惨的死亡，每个段落像一潭泥沼，逼着你趟过去。然而由于他本人正承受着这般意想不到的痛，他发现某几行话直接冲他而来，仿佛只针对他，带有私人含义：

他周围的那些人不理解，或拒绝理解，相信这个世上的一切照常运转。

没错，他正是那样觉得！

*

快四点了。奥利维娅和凯尔索交换了一个眼神，天生好脾气的马尔没往心里去，他给没喝完的姜酒塞上软木塞，快活地将瓶子夹在腋下。深爱他的哥哥看到他这样做，一点不生气。分享你能分享的，取回你所需要的，在这儿，没有人过着英国女王般的生活，不是吗？

"好吧，回头见，凯尔，我的好兄弟。"马尔说。不，他将再也见不到他，只是尚不知晓。至于凯尔索，他不大情愿动他那只保持在固定姿势的手，遂让奥利维娅去道别送客，她亲了她准小叔的每侧脸颊上各一下，关上他身后的门，然后坐到凯尔索旁边的扶手椅上。他们有两张这样的椅子。她认为这是嫁给木匠的众多好处之一。人们傻乎乎扔掉的东西，凯尔索可以修复再用，奥利维娅贡献了一对缝得还不错的座椅套子，要是房间本身能再大一点，他们就能请更多人来欣赏他们的手工制品。她仔细打量她的恋人，他仍在看书，明显忍着痛。她拾起她的针线篮，有点应付的意思。星期六，根据达成的共识，他们努力"提升"自我，不把宝贵的时光浪费在太多无聊的事上。凯尔索看他的书，她试图不让自己的手空下来，干点不属于工作、有几分悠闲的事。但她生来不懂休闲，假如被他看到她在补袜子或缝窗帘的边，他肯定心中不悦，并让她知道他的不悦。她怎么不能明白，她和每个伦敦人一样，有资格享受"周末"？他尤其坚决地要求她在法定假日内不做有实际需要的事，所以此刻，她跳过放在她篮子最上面的扯破的半身裙——急需她补缀——而伸手去拿一块毫无用处的刺绣，她在这块刺绣上所花的工夫差不多与凯尔索阅读他的《读者文摘》相当。在这块漂亮的椭圆形布片上，中间绣着文字，边上是风信子，若真完成，它将挂在他们椅子上方的墙上，增添一丝家的气息：

需认真对待文字。

我努力认真对待言语行为。

文字使事物动起来。

我见识过文字的这项本领。

*

可她只绣到第二个"认真",此时她发现里面犯了个愚蠢的错——少绣了一笔——因此略微叹了口气,动手把那个词拆掉。

几分钟后,凯尔索令她吃惊地一抬膝盖,让他的书啪地合拢,忽然站起身。

"莉薇,我们必须出去走走才行。这儿热得像火炉!而且,你知道,现在时间还不晚。"

他说不晚,指的是他们还赶得及去演说角——往常马尔走后他们去的地方:这是他们周末提升和改进自我的一项活动。有些人把星期六只当作尽情消遣的时光,玩多米诺骨牌、喝朗姆酒,但凯尔索不那么想,她很高兴他不那么想,只是有些时候,她希望他别如此反对去看电影。"欧典院线放的全是宣扬美国的东西,我可以告诉你,我去过美国,实际与宣扬的完全不一样!"奥利维娅觉得这个看法与众不同,令人肃然起敬。同时,她并未追根究底地打听他在美国的经历,从他讲的零碎小事中推测,那是他人生中一段被魔鬼揪着领子的时期。但那时的凯尔索与现在不同,而且有另一个女人,不关她的事。"每个星期六的五点左右,"在告诉她母亲她订婚消息的那封家书中,她写道,"我们去海德公园的演说角,听各式各样的人讲话。"这样既提升自我,又不像去欧典院线那样会让她心疼她的钱包。然而,她的女性友人视之为一个古怪的嗜好。她们没和有计划、有长远打算的男人交往过，但凯尔索比奥利维娅及她的朋友年长十岁，差别显见：他已懂得存钱。有朝一日，他会成为律师，头戴一顶怪异的白色假发。现在，她拿起她的手袋，戴上帽子，检查她的零钱包里是否有买火车票的钱。他们穿着锃亮的鞋，干净、整齐的衣服，盛装出门，来到热烘烘的街上，她感到些许自豪。每个星期六去演说角和其他事一样，如同她与凯尔索的穿着打扮、他们走路的步伐、他们一丝不苟坚持他们的习惯一样——在她心里，上述种种均使他们特立突出，似一对特别的情侣，有着特殊的命运。

*

他们面前的那人是个白人老头，严重秃顶，只剩一点花白的鬓角和绒毛般的黑色眉毛。看似是一位法国诗人。他站在一个朴实无华的板条箱上——那种用来运输稍缺一点空气就会变质的水果的箱子，他饶有兴致地注视着台下那群人，仿佛试图分辨来捧他场的是哪一类听众。由此，奥利维娅觉得他给人的感觉是好奇多于权威。她喜欢那样的人。凯尔索本人也是那样。

"叙事的最大特点，"箱子上那位演说者讲道，"是固有的不可靠性。叙事是按一定的样板预先编排好信息。叙事的背后永远有一个动机。叙事永远等同于一种篡改……"

"瞧他那浓密的眉毛呀！"奥利维娅身后的一个傻女人欢叫道，"他看上去活像只雪鸮！"

"嗨，安静，注意听，"奥利维娅说，但她把声音压得很低，而且没有转身，"你若好好听，说不定竟能学到点东西呢。"（凯尔索仅让自己叹了口气，重整好学的热情，抬头望着箱子上那位不一般的人士。）

"假如这种篡改，"那个法国人继续讲道，"假如是右派所为，好吧，那么我们称它是宣传鼓动，假如是左派所为，我们往往认为那样既人道又优美动人。在我们看来，文学既人道又优美动人。非常要紧的是，在这个命题里，'我们'是谁。我是一名法国诗人。我不把自己算在那个'我们'之内。把人道、甚至人暂时搁于一旁，只处理有形的事实，那样岂不更好？就我来说，好比一连串咒语：黑夜，街灯，匕首，穿刺，伤口，血，鹅卵石，柏油碎石路面，路缘……"

那位演说者像这样继续讲了一阵子。以那日的天气，和这么多人挤在一起，谛听如此铿锵有力的演讲，令人感到炙热。凯尔索和奥利维娅熟悉演讲——诚如我们所见，他们几乎每周六都来听——但他们不习惯那热浪，至少在这儿、在英国，不习惯，他们已学会穿什么都要搭配毛线背心和开衫，不管清晨照在他们窗玻璃上的太阳预示着什么天气都一样。此刻，他们每人脱掉一层衣服，凯尔索把他的外套搭在他弯成九十度的左臂上，发现这个抬手的姿势可以减轻痛楚。奥利维娅有点听腻了这位法国诗人，将注意力转向她左侧一个在讲话的美国人，结果此人是个女的，像极了她自己的外祖母：一样慓悍的脸，一样茂密的头发。

"用途，"这位妇女说，"种族主义最正经的用途是转移注意力。它阻挠你干你的事。它让你不断地、一而再再而三地，解释你存在的原因。"你存在的原因！奥利维娅心想，她把凯尔索没受伤的那只手抓得更紧了一点。这股新的挤压力抵消着他另一只手的痛，他可以利用这只手来转移对另一只手的注意力。这个方法见效了片刻。接着那痛楚卷土重来，比先前更顽固。他顾不上听这位妇女说话。他几乎什么也顾不上了。

六点一刻，一大群燕子从大理石拱门顶飞起，掠过人群，低得让许多人蹲下——包括大部分演说者，然后大家重新直起身，演说者立刻继续讲下去，此时事情的微妙之处变成懂得何时该离去。凯尔索和奥利维娅都不想当那个开口说"走"的人。他们必须让他们之外的东西来做决定，天气或某些别的外部因素，因为要走等于放弃追求进步，或暗示着追求进步不如看电影、逛集市或千万种别的更轻松的活动有意思。

"你的拇指怎么样？还痛吗？"奥利维娅灵机一动问道。他用右手握着他的左手，把它按在胸口，仿佛准备讲些肺腑之言，可能是发誓，或爱的表白。

"哎，莉薇——痛死人啦！"

*

他们走回车站。入口处，一名报童正在从广告海报上撤下今日头条"符号与象征！"，换成明天的"前兆！"。凯尔索停下脚步，卷了一支细细的烟，逗留了一会儿，旨在阅读头版的内容。这位宽厚的报童——不是每个报童都那样——没有阻拦他。在男孩忙着剪断绳子，解开好几摞高高的《每日快报》之际，凯尔索读到贪污、贫穷、犯罪、腐败、谋杀。

"疯了，疯了，无处不是。"他嘀咕着，为这个世界感到难过，几乎与他为他的断指感到难过一样。

"凯尔，火车快来啦！"

*

　　一位老妇坐在他们对面。她用一块粉色的头巾包住她花白的鬃发，鼻子上扑了太多粉，脸上的表情像是盼着他们两人都死掉。奥利维娅心想：噢，上帝，即便我恨谁恨到那种程度，我也不要露出那样的表情，把恨意写在脸上！这名妇女多么面目狰狞，那龇牙咧嘴的模样，简直是以诺[1]转世。奥利维娅转向凯尔索，看他是否有注意到，可他低着头，抓着自己的手腕，仿佛想阻断那只疼痛难忍的手的血流，这样也许可以使他什么也感觉不到。奥利维娅抬起她自己的目光，盯着皮卡迪利线的图示，选择专注于站名——凯德·班巴拉、蓬热、托尔斯泰、莫里森，自言自语地默念，发现这样能使她平静下来。到下一站，那个面目狰狞的女人下车了。

*

　　他们到家时已过八点。一路上，他们感受到夏日喧闹的气氛——从每间酒吧传出的音乐，女人穿着出格的衣服，醉汉加大他们机动自行车的马力，奥利维娅恨不得赶紧上床。房间里热得发闷。她把她的外套和帽子挂在凯尔索特意定做的小钩子上，转回身，发现他在那狭小的空间内踱步，他的外套仍搭在手臂上，帽子皱巴巴地攥在他没受伤的手里。她看着他把掏出的零钱丢到桌上，把零钱那样摆着，可以预防非职业的盗窃。他又在房间里转了一圈，发出痛苦的呻吟。

1.《圣经·旧约》中的人物形象，该隐的长子。

172

"要我陪你一起去吗？"

"不用，莉薇，就一个人生病，没必要两人都在候诊室。"

她为他重新戴上帽子，提醒他，等他回来时，她可能已经睡了。

*

喝醉酒的人和衣衫褴褛、无家可归的白人已快占满圣玛丽医院，即使在这个国家待了五年，看到这样的人，依旧令他惊讶不已。他坐在与他们稍稍隔开的位置，用膝盖夹紧他的拇指。一个小时过去。一名护士把他叫到一个小角落，拉起横杆上的帘子。她解开绷带和夹板，向他示范怎么正确地握住阵阵抽痛的关节，直到鲁尼医生来为止。又过了一小时。接着，出人意料地——是个女的！莉薇声称在她就职的医院有两位女医生，但他自己从未见过一例。这位女医生年轻得令人不放心：她白皙的耳朵从她清汤挂面式的头发里露出来；她看起来像个女学生。他问她，鲁尼是不是一个爱尔兰姓氏。她点头，但没再多说什么。她抓起他的拇指，把它放在她自己的拇指间按压，进行校正，然后重新装上夹板，打上新的绷带，由始至终，几乎没跟他讲话，但一直态度严肃地对付她的工作，并表现出一种让凯尔索钦佩的体贴周到：例如，在他哇哇叫时，她没有看他。他注视她处理伤口的过程。他思忖，假如换个出身，他自己有无可能当上医生，她在做的事，似乎与木工没太大差别。

"拿着。"她说，首度露出微笑。她递给凯尔索她开的处方。这张处方的格式奇怪，像是一位作者写给另一位作者的电子邮件：

发件人：年轻的爱尔兰作家 YoungIrishWriter@gmail.com

我没有"创意写作"的专业背景，从未真正理解"展示而别讲述"这条指令的含义，但现在，我以为这条指令传达的也许是同一个基本观念——有些想法是不可能以直接的陈述为人理解或接受的，而只能通过故事的形式让人在须臾之间获得一点皮毛的领悟。有时，我真不知道，这种做法是否含有几分欺骗之意，它把小说变成一种寓言或规诫的例证，而不是诚实的叙述。

凯尔索感激地接过处方。他谢过这位好医生，动身回家。他沿着哈罗路走，越过大联盟运河。在他心中水与水相随。他姑婆家后面浑浊发绿的环礁湖——他和他的兄弟姐妹经常在那儿的黑沙滩上野餐，傍晚时分在湖里游泳，在他的心理版图上，似乎就位于一条水道的另一端，这条水道将安提瓜与他脚下这条灰蒙蒙的运河连接起来，并一直向回延伸至新大陆，至波托马克河和哈德逊河，那两条河都非常冰冷和污秽。说不定假如他在美国——或在那段不愉快的美国婚姻中——坚持得久一点，他想起的会是白沙滩和温暖的海浪，但他在美国接触的水全位于东海岸。他推想，在维西街叠放集装箱，或许会让一个人终生反感水，但没了水就无法获得重生，敢于再次横渡大洋，是他本人的一种重生，二度洗礼。他闯荡了美国，然后他闯荡英国——多少人能那么讲？虽然经历了许多挫折和失误，但他依旧屹立不倒。他觉得他知道自己的价值。莉薇知道。马尔知道。工厂的同事知道……不，不，他完全不似故事里的那位俄国绅士，不被人爱，也不受人尊敬，在独自走路回家时怀着这样的念头实在不应该，那样真是很傻、很消极。他把心思转向奥利维娅。他想到她身体整个背部的线条，想到他很快将贴着她的背入睡，手上的痛不再像过去四天他所

174

感到的那么剧烈。噢，要说痛有什么奇妙的地方，那就是，某一刻，你不觉得痛了！没有感觉变成感觉本身的令人难以置信的馈赠。再过几日，上帝保佑，他将重返故地，和所有人一样，置身于一无所有、毫无痛楚的国度。然而要是他能抹掉在美国的那些年、那个女人该多好……错误的道路、虚度的光阴。但那种痛，你只能生生忍受。他愿意用这个世上的一切做交换，重新变回二十一岁，与奥利维娅一起步入时间的河流，但要让他们两人同龄，也让其余一切与现在一模一样，只是那牢牢握在他手中、尚未展开的失去的岁月除外。

*

他从圣玛丽医院走路回家。他差几分钟就到家门口了。午夜刚过。他们是"白人青年"。他们喜欢刁难"黑鬼"。他们喝了很多酒。在官方身份上，他们不隶属于莫斯利之流。他们只是刚在一场聚会上与人打了架。他们中有几人变成职业罪犯，多年后入狱，所犯的罪行想来在政府眼里更为严重：抢劫、诈骗。许多人仍留在老地方，在这一带住到死，未被绳之以法。下手的那人，拿着匕首捅下去的，当时他二十岁，是一名商船船员。他有名字，事发后不到半小时，警方就查出他叫什么。可他也至死未被绳之以法，住在希灵登区的市郊，过完长寿、平静的一生。最后一份工作是粉刷装潢工。他死后，他的继女告诉一家报社，他曾经常砸烂她的鲍勃·马利唱片。假如把他的证人证词排版成向左对齐的格式，那样看上去像一首诗：

沿着马路往北五十码
我们解决了我们的小争端

转身准备重返聚会。

当我们走到街角时，我们看见这名
黑人
捂着胸口躺在人行道上。
两张黑桃——我们这儿对有色人的称呼——
正站在他旁边。

我们决定赶快离开。
这个不干我们的事。
接着当我们发现情况何其严重时
我们决定不加隐瞒，和盘托出。

我的衣服上有许多血迹。
事实上，我的所有衣服
上面都有血。

你知道，接二连三的打架。
不是新鲜事。
我们这儿整天打架。
住在诺丁山就是那样。

警察取走了我的衣服，但我是清白的。

在这首诗里，英国人对我们的称呼全被用上——黑人、黑桃、有

色人，但似乎无人认领这些称号。它们不是凯尔索的名字。更确切地说，它们指称的是某种存在于帕特里克·迪格比脑中的恶意，这位诗人—杀手，他的名字，与各个专有名称一样，完美地代表着他。是帕特里克·迪格比此人能够那么想，并写出这样的诗。不过有很多人都会写出这样的诗。多得令人惊异。在不同的历史时刻，不同的地方，反复出现这类创作的可能性。细节有变，但深层的结构一样。以悲剧诗文的形式，被残杀的人形同客体，只有诗人保留着他的专有名字。

*

凯尔索的血溅到诗人帕特里克·迪格比的身上，他把这血弄到他的刀子和他的西装上。这血，也玷染了那对离乡背井的绅士——诗里提到的，他们发现凯尔索在马路上血流如注，于是跪在他仍有呼吸的身体旁，试图提供救助。一名驶过的出租车司机把这三人送到圣玛丽医院，一个小时后，凯尔索在那儿身亡。他没有最后的意识。有最后意识的是躺在临终床上的俄国的布尔乔亚，在舒适的市区住宅内，虚情假意的朋友和同事在隔壁房间喝茶吃点心，琢磨你死后可能给他们提供什么空缺和机会。假如在街上被人捅死，则缺乏那种诗意。你见到什么就是什么。你被事实的真相所压垮。诗人弗朗西斯·蓬热最后写的话，描绘的正是他当时写下这段话所用的那张桌子：噢，桌子，给我安抚和慰藉，安抚我的桌子，因为你，我变得更坚强。[1]

血，鹅卵石，柏油碎石路面，路缘。

---

1. 原文为法语。弗朗西斯·蓬热（1899—1988），法国当代诗人。

可以从百代的新闻短片里看到凯尔索葬礼的实况。一千多人前
来——他们排列于街道两侧。在我们迈向数字时代的漫漫征途中，记
录这次事件的胶卷，在某个关头失了声音，变成一场静默的葬礼，没
有语言、没有评论，可供任意解读。值得注意的是，来的人形形色
色，黑人、白人，年轻的、年老的，男人、女人，仿佛凯尔索的死与
这些人统统有关，仿佛他们不知怎的都与此事有联系。仿佛，与诗
人—杀手帕特里克·迪格比相反，凯尔索·科克伦恰恰牵动着每个
人。我，孤零零的，有一点紧张，与谁都不熟，我同几位站在教堂门
口的牧师握手、寒暄，花很长时间慢悠悠地阅读并重读钉在堂区布告
牌上的"今日警句"：

> 清除对种族观念
> 任何残留的认可
> 能更有效地推进
> 反抗种族等级制度的行动。

——保罗·吉尔罗伊牧师大人

一位年轻的马克思主义者戴着墨镜，拿着一份报纸，在葬礼现场
走来走去。他想要强调联系。他一边穿过人群，一边宣讲他的政治主
张，他说：

> 兄弟姐妹同志们，

你们没发现吗，假如你们不肯

设身处地地为彼此着想——

假如你们拒绝承认你们之间有联系——

嗨，那么等于拱手让资本主义大获全胜？

听到黑人和贫苦的白人，

爱尔兰人和挖土的，还有干苦力的，

他们彼此毫无关系，

这样的话让工头觉得悦耳极了！

他们无法建立统一的阵线！

听着真是悦耳啊！

　　他穿行在送葬的人中间，他们眼神闪烁地瞅着他，他的嘴里紧咬着一支烟，他的社会主义小报被持于胸前，头版朝外。该是反击的时候吗？该联合起来吗？谁来决定？两种行动方针，各会是怎么样？在鸦雀无声中，送葬的人阅读报上的大标题，然后恢复他们沉默的对话，有时微微蹙眉，或带着尴尬的笑容把脸转开，拿不准该如何看待这样一种意识形态，但他们确信，不管什么意识形态，都不大适合出现在葬礼上。他们是来悼念一名男子，一个人，当地社区的成员，奥利维娅的未婚夫，马尔挚爱的哥哥，这位年轻的安提瓜之子，英年早逝——照教区牧师对集合的人所讲。那口棺材，由五个白人扛着，经过两位黑人牧师的身旁，进了灵车。庞大的人群徒步跟在后面，向肯瑟尔高地公墓行去：一列由黑人、棕色人和白人组成的纵队，有些人面无表情，其他人有说有笑，仿佛是走在狂欢节的彩车后面。何时把一个死去的人转化成文字，转化成辩论、象征和历史，这样的时刻定会来临，但在送葬的人看来，这位年轻的马克思主义者竟于今早来这儿、来参加凯尔索·科克伦的葬礼，是失礼的行为。他们不理他，他们把他抛在后面，而我虽然与他们走在一起，心里却仍对这位年轻的马克思主义者充满好奇，于是停下，接过他向我递来的一份报纸，在街上驻足片刻，欣赏那大言不惭的标题：**整个世界皆是文本。**

瓶颈

　　无人明白的是，那时的情况非同寻常，本质上不会有第二次。我年轻、意气风发。我刚创造了一堆废话、车子、牧场、便条、白色的犀牛及其他，从内在意义上创造了它们，没有以什么取代任何东西，正因为这样——连对我最严苛的评论家也会承认，所以有了其余种种，包括废话。重点是，这种状态堪称"即兴创作"。当你在这么稚嫩的年纪，凭空创造出某些东西时，你需要在心理上承受很多。很多压力。不过那个不是我退出的真正原因。我怎么都打算退出，深深自闭起来。我明白其他人有不同的做法，但对当时的我而言，这个是原则问题。我发现不言自明的一点，事情应当有其自身的动力、自身的生命力、自身的推进力。这样讲不是理论上的故作姿态——它是某种我发自内心的感想。说实在的，我依然那么觉得。因为否则的话，风险在哪里？你不可能挨家挨户，坐在一个人身旁，问道：所以，你对我在那里面、或这里面做的东西有何看法——那个有打动你吗？我能做点什么，让你有更好的体验？我的意思是，你可以这样做，但你会劳而无功。不管谁告诉你什么，潜在的原则不是用户满意度。无反馈的回路。你做了一样东西，你把它拿出来摆在那儿，你后果自负。许多时候，他们会憎恶这样东西，并憎恶你创造了它，可假如你不会应对恨意，你当初就不该踏足这一行。

话虽如此，但那里面有很多东西，我现在压根儿不会做，或假如我有机会从头再来一遍的话，我的做法会不同。我该是第一个承认那一点的人。年轻时，你试图证明自己无所不能，什么都会——你把十八般武艺都用在那里面！你挥毫泼墨！你感觉着有无限的潜能。你认为自己海纳百川，依我的经验，在那个年纪，你确实有几分这样的气度，因为你仍够灵活变通，能容纳很多东西，你尚未把自己的狗屁玩意儿局限起来，你仍有某些不可名状之处，能为任何非你的东西留出空间。可那满腹的才华逐渐少去。上帝啊，真的越来越少。例如昨天，我在穿着长袖长裤的睡衣到处溜达时心生一念，我好奇：当一只蝙蝠是什么感觉？嗨，那类念头以前对我而言是一种卓有成效、天马行空的探问。但昨天，我答不上来，现在依旧答不上来。我不再纠缠于这个问题：我不指望在短时间内搞清蝙蝠对任何事的感受。但我了解我的感受。那是你最后所剩的：非常准确、精细地明白你自己的感受。那一点并非无足轻重。在我起步时，我对此一无所知。现在我懂了。人们讨论回顾，讨论对有些东西或作修改、对其他东西做些调整，等等等等，但那些人不了解我的心思，他们不知道此时此刻，我可以面对什么，什么让我觉得沉重得无法招架。那些只有我能知道。从我口中讲出这样的话，听上去也许有点狂妄，但很多人需要大大放下他们的主观武断。

有时人们问我：你怎么让自己不变得消沉？考虑到事情的现状。考虑到看上去，你开创的某些东西正濒临破灭，重新变得一文不值？答案随时间而变化。以前我认为并行处理多项任务是解决之道。只要坚持创造并行的任务，来回应付这几项任务，那么你绝没时间真正投入其中任何一项任务上。"好吧，的确，那样是把事情越搅越乱——但这个做法有所收获，噢，真的有所收获！"当然，我一觉得这其中一项任务进展顺利，转眼，我就厌恶这项任务，想要接着处理下一项，然后那项任务也会出现其自身的障碍，以此类推。由始至终，某一面的我明白，搞砸一件事，这样的问题不可能靠简单地着手去干一大堆别的事来解决。但有一阵子，这个方法在心理上对我奏效。我不能代别人讲话。对我而言，来回应付几项并行的任务是一件愉悦的事，不会停滞不前，不会感觉被一种做事方式所束缚，感到轻快，感到自由……不等于说这样做不是逃避的行为。我不是傻子，我知道什么时候我是在逃避。但有些最卓越非凡的东西表现为分心的手段。全然取决于你怎么看待它。如今，我喜爱碎片。我不把碎片当作任何有缺陷或不完整的东西。当初正是因为求全，我才陷入这样的困境。现在，我赞颂半成品、未完成的作品、破碎的作品、片断！我有什么资格不把碎片放在眼里！我有什么资格说碎片不足以构成作品！

但是，我确实感到抑郁。如今，不同之处在于，我直接大声地讲出来：

我感到抑郁。

在某一时间点，鉴于实际情况，这个回答合情合理。我竟必须要为这种情绪辩护的事实向你表明你所需要知道的一切，表明我的头脑和所有其他人的头脑之间的距离变得有多大。真正的问题在这儿。通常，当人们向我谈起他们对作品的想法和感受、以及他们与我或整部作品的关系时，我欣然参与——像是，我愿意谛听，并确实竖起耳朵去听，可我总是敏锐地察觉到，具体来讲，十有八九，我们在讨论或思考的根本不是同一件事，无论形态或类型都不是。一方面，他们的解读让我觉得自己完全是个异类；另一方面，他们发现简直无法与我的视角形成共鸣，更谈不上以这种视角看待问题。我们纯粹是各说各话。长久以来一直如此。让人有理由感到抑郁。顺便提一句，抑郁不是我的说法，我不愿使用这个说法，现下字正腔圆地道出这个词，只是为了能够更好地与你们打成一片，不与你们的现实脱节。和报道相反，给事物命名不是，也永远不会成为我的特长。我本身并不把事物分门别类。我难得认识到"类别"的存在，至少不是作为一个统称。例如，我决不会想出"动物"这个独立的名称，然后把这个名称当成一种特许！也决不会自以为是地描述一类名叫"情绪"的东西或视这些情绪为某种你"拥有"的东西——如同一块石头或一台立体声音响，然后继续从道德上定义它们，取决于这些情绪怎么影响我的面部肌肉或泪腺。那套狗屁东西由不得我做主。但我仍必须应付与我讲话、把那整套东西讲得煞有介事的人——我必须至少表面上拿出认真对待的态度。我相信，日复一日，这种装模作样、这等虚情假意，或多或少阻碍了我，导致我觉得自己写不出东西来。我因此变得不愿冒新的风险——一点没错——或重新开始，再展宏图。目的何在？一切变得扭曲。操控是一种假象。我固然没有亲自把"法国"圈出来，但在某一时间点，当你使得有这般足够数量的人相信那个是法国时——就那些人而言，他们相信自己是"法国的公民"，而且是彼此独立的个体，那么你打算怎么办？叫他们再看一看吗？对不起，先生们、女士们——这个世界不是你们想的那样！[1]得了。"人们"看的是他们想看到的东西。

　　我没有进行自我药疗，而是在不久前与一条狗搭上关系。随你怎么评断那事，但我可以当即告诉你，我从未这么开心过。当我不想

---

1. 原文为法语。

184

回首的东西从我心头掠过时，我不再感到丝毫的焦虑，因为每天我有一个目标，一个方向，我确实知道自己在做什么。我得带亲爱的老巴特勒去散步，让它闻遍所有它喜欢闻的东西，一路完全不催它或赶它。那样耗去半日。等我和巴特勒散完步后，甚至还有一点时间，飞快地处理几项并行的任务，没有一项是完成的，没有一项达到圆满的水平，而是觉得每项任务都差强人意，不喜不悲。这就是生活。我安于生活。没有很多人像我这样做，可每当我碰巧遇到一位重要的同事——决不是那种雇佣文人，而是少数几位我钦佩的，更进一步讲，是我喜欢的同事，每当我碰巧撞见一位像这样受人敬重的同事，可能在默瑟街的餐饮店，我们会停下，互相打招呼，他们看见我牵着巴特勒，我十分清楚他们心里在想什么。曾经那么盛气凌人的我，现下牵着这样一条呆头呆脑的捕浣熊的猎犬，在附近转悠。究竟出了什么事？好吧，他们可以爱怎么想就怎么想。我反正非常、非常高兴，耐心等着这条年迈的狗嗅闻许多它喜欢闻的东西，我的同事则对我露出那种特定的笑容，像是此刻的我透着几分讽刺之意。我确实有点幽默感，我明白那画面看起来谅必何其滑稽：我，牵着一条狗！我真是让自己显得荒唐可笑，因为我一度相信——当狗初次登场时，这回，我真的（在不经意间）设法令"人们"大彻大悟，对现实的真实本质有一番不同于以往的深刻洞见，可当然，他们个个从中吸取的教训似乎正相反。"那条是我的狗。"你听见他们一边介绍，一边扯紧他们牵狗的皮带，愚蠢的脸上带着那副自鸣得意的主人的表情。"是啊，没问题，你可以摸摸我的狗。"不操纵控制，一点也不。我不担忧：我已经统统放手。我高兴，我将与一条棒极了的狗共度我的时光，我不再关心，现有的人里是不是仅剩我一个，知道一条狗的意味和用途。

/

恶疽

    篡位者当政期间，埃索丽科与她的族人住在山的另一边，并已经住了一段时间。他们的岛屿像一滴从大陆东北面落下的泪珠，流入那宽广的大海，大海同时为他们提供生计、他们抽象意识上的根基，以及争取脱离本土而独立——实质上和精神上——的最佳理由，事实上，他们是本土必不可少的一部分。在劳动日，埃索丽科从事腌鱼的工作。她招呼码头上的埃卡尔比亚人，指示他们该把他们巨大的丝网挂在哪里。比她强壮的妇女把网里的东西全倒出来；比她精明的妇女与那些顽梗、绿眼睛的游牧部落的人议价。埃索丽科的任务是一铲铲把灰色的小鱼舀到她的托盘上，装入低矮的长方形提桶，然后用盐腌制储藏。有时，在她干这活之际，太阳洒下一道道粉色和紫色的光，照亮整个地平线，在那样的时刻，她近乎感谢劳动日的存在，明白其用意。其余时候，她一身鱼腥味。盐钻入她手上的每处小伤口。她盼着她最后周期的来临。

    在实习日，她是一名老师：她教她那个地区的小朋友怎么讲故事，还有更重要的，各种不同故事类型的名称。《衔尾蛇》《复苏》《直肠子》《沉船》。这样的实习有点可悲，因为它如此接近埃索丽科本人的灵气——她的灵气即讲故事，但她干得不错，而且她没什么选择：她的灵气几乎是她的全部。她不具备隐藏的才华。她无法添加、培养、开创任何实在的东西，编排、组织或引导。她认识岛上聪慧的女性，许多，她的朋友，她们的人生丰富多彩，在劳动日，她们建造桥梁，轮到她们实习时，设计公民制度或担任司法委员会委员。她知道有女人一方面从事上述种种工作，另一方面，为了展现她们的灵气，关节上绑着飘逸的彩带，满大街跳舞，口中唱着建国之歌，那些歌至少和她们脚下的路面一样老。可埃索丽科就只会讲故事。她学会了——但还是花了点力气——人人都能掌握的用盐腌制储藏鱼的活。

　　篡位者第一次上台时，埃索丽科的表现和大多数岛民一样。她称他"篡位者"，但其实他是被人民——不管受了多少误导——选出来的，她鼓励她圈子里的每个人在凡是提到他的名字时往地上啐三口唾沫。她管理一个五人的圈子——两男两女和她本人，现在他们处于他们的第四个周期。埃索丽科早在十五年前已生了孩子，这几个孩子后由洛辛和谢各照料——她则自学，在他们住地以外的世界工作，并在他们的住地内以微薄的力量普及她的爱好。但洛辛和谢各，两个在篡位者当政期间三十几岁的男子，认为他们自身蜕变的时刻已经来临，而且当然，现在轮到亲爱的利拉和奥瑞怀孕。就在篡位者夺权之际，那时，埃索丽科正沉浸在她人生满足、成熟的阶段：重新迎接她的孩子，向洛辛和谢各道别，寻觅新的恋人和新鲜的爱好，准备搁下她在岛上的职责——劳动日、实习日和灵气，全部搁下，以便照顾即将出生的孩子。也许正因为她本人这种充实的生活，所以起初，她只感觉篡位者是世俗对私人的侵扰。她没看出为什么她的或谁的人生经历竟会因这个来自本土的怪物如此严重地变形。在她的有生之年，她遇到过许多外围群岛的人，同他们做买卖时，他们一味抱怨统治他们的那些人贪污腐败。在埃索丽科看来——她不认为自己生活在同等的紧急状况中，他们似乎经常因他们自身的苦难而心浮气躁，偏执地专注于一种不在他们掌控之内的正义。是的，埃索丽科见过许多这样的人，对他们深表同情，但天真的她，从未想过自己会如此轻易变成他们中的一员。有一段时间，她很想任性地拒绝面对眼前的新局面。然而，某一面的她始终明白，这种反应既幼稚，又是一个上了年纪、目睹过许多周期的妇女所特有的。她没把这想法告诉别人。

*

和岛上的大多数人一样，她认为作为一个公民，她有义务在她的圈子内监督一副停尸架的搭建工作——他们的停尸架是用核桃木和银所制，筑造过程需十四天，然后把他们年纪最小的成员放到架子上，绑好，蒙上眼睛，头尾点上蜡烛。在至少有上百万其他人的陪同下，他们于指定的夜晚把架子推出去，一直推到最近的海岸。按照预期，岛屿周围将因此亮起灯，让本土的人可以看见——整整一代无声、发光的人，本土的人注意到那场面，篡位者也注意到，可这一切丝毫不起作用。不过她仍感觉畅快了一点。这么做符合她讲故事的一面，诚如我们所知，那一面几乎构成全部的她，只是这些古老的故事形式，在岛上广受欢迎，对本土的人来说却显得过时、属于理想主义，恰恰因为这样，篡位者才如此深得人心。至于篡位者那边，他把他最小的女儿——他的圈子里只有少女——放到一副华而不实的停尸架上，身上盖满鲜花，在暑热的正午，他森然站在她的尸体前，公开发表了一场粗俗的演说，在演说中，他嘲笑像洛辛和谢各那样的男人，以及周期这个概念本身。和许多人一样，埃索丽科看出这场演说是所有故事类型中最古老的那种——噬食自己幼子的父亲，但认识到一件事，和平静地接受它——仅把它当成无限循环中的又一更替——存在天壤之别。

＊

她震怒。和许多讲故事的人一样，她走入他的内心，可在岛上，这样做是决不允许的：一项很久以前已被废止的天赋，为的是让其他天赋可以蓬勃发展。他的内心和大家预期的分毫不差，痛苦地扭曲、流脓、令人恶心。但如愿以偿的是，至少证实了那个事实，很快，传言四起，讲得有鼻子有眼，以歌谣和谜语、下流的笑话和朗朗上口的咒骂散播开来。虽然埃索丽科没把她见到的告诉任何人，但许多人，出于众所周知的愤怒，远没那么慎重，也基本不把他们在篡位者体内发现的东西当一回事，觉得他们有权广布这个消息，信口直言，不顾岛上那条最古老的禁忌。例如，码头上与埃索丽科共事、把鱼腌起来储藏的妇女——迫于形势，她们的劳动在她们的周期中占八成——一边干活，一边唱着那些不堪入耳的新歌，在每句恶毒的歌词末尾发出嘎嘎的笑声和呐喊，仿佛现在她们与每个预言家或讲故事的人一样深谙篡位者内心的活动。这种野蛮主义变得普遍。捕杀白色的公鹿重新盛行。埃索丽科的朋友，她认识多年的人，把他们的圈子变成狩猎团体，在其栖息地追捕那种行踪不定的动物，以七为单位拿刀刺它好几轮——每人刺七下，然后站在一旁，看那可怜的野兽腹部一起一伏，流出的血渗入土壤里，没过他们的鞋子。这样的行为已经有三十个周期或更久不曾出现，但只要篡位者敬奉白色的公鹿，相信它是他权力的源泉，这种生物就被视为可狩猎的对象，通过在现实中杀死它们来抵抗一种象征。

*

埃索丽科没有唱那些歌或捕杀白色的公鹿，但多年以后，回顾那段可悲的岁月，她反思在许多微小却意味深长的方面，她也为打破所有她曾经历过的周期出了一份力。她记得，例如，在教《玫瑰的恶疽》时，她把那篇作品讲了一遍又一遍——它变成她唯一能教得下去的故事类型。小朋友对这种重复的授课会心生厌倦，离开他们围坐于树下的那个圈子，自行组成更小的团体，唱那些最不堪入耳的歌，想象肢解篡位者的仪式，或一把火烧掉本土，诞生一个自决自主的岛屿。他们听成年人在自己的圈子里念叨这些幻想，现在他们把这些幻想转述出来，津津乐道、兴奋不已，仿佛这些幻想仅是炉边传来的童话……

不过，当埃索丽科听见孩子们这样讲话时，她没有阻止他们，事实上，她常鼓励她们，甚至大笑，因为篡位者属于那类可以随你怎么讲、怎么想的人。他是一张万有许可证。周期变得毫无意义。人人只围着他转。他单独挑出埃卡尔比亚人，因为他们居无定所，和所有人做生意。在那个时候，在那种疯狂的氛围下，某一面的埃索丽科发现了一个合意的故事，这么多埃卡尔比亚人的小圆舟竟在距离本土一英里处沉没，埃卡尔比亚的男人、女人和孩子溺水身亡，几个月后，他们结实、深褐色的尸体出现在海岸线上，他们碧绿的眼睛一动不动，像海玻璃似的。全是因为在那年暴风雨最厉害的一个晚上，篡位者不批准他们进港，这个悲剧传说不外乎证明了她的观点，尽显篡位者的无情和野蛮，全体追随他的人亦然——故事还有什么别的用处呢？

/

为了国王

　　从斯特拉斯堡抵达巴黎后，我冲出巴黎东站，准备和我的朋友V见面，他答应带我去吃顿迟一点的晚餐。他来安排，他请客，我要做的只是于九点一刻，在蒙塔朗贝尔街我住的酒店外与他碰面。我一直在工作，提前五分钟抵达酒店，借此机会冲上楼更衣。有时为了见朋友会格外注重穿着，尤其是像V这样的朋友，他们本身既英俊又穿着考究。我脱下高腰牛仔裤和朴素的、扣子直扣到颈部的衬衫，换上一条长的真丝连衣裙，黑色，但点缀着黄色的花朵，罩一件挺括的牛仔外套，白色的厚底运动鞋，涂了一点很红的唇膏。我跑下楼。我已在电子邮件里告诉我的朋友，我讲话讲得筋疲力尽，我讲得快死掉了，所以他得承担起讲话的任务，无论什么话题，不管多琐碎，一概由他来讲。我什么都想听，即便是他生活中最乏味无聊的小事也一样。然而，我们一见到彼此，便开始互相倾诉，我们一边漫步于这座城市，一边在一连串重叠的声波中争先恐后地开口：他的工作和我的工作，他的家庭和我自己的家庭。欧洲的形势对比美国的形势，有关我们都认识的人的小道消息，以及任何别自我们上次见面——一年前，在伦敦——以来发生的有趣的事情进展。先前，我惊讶地发现他竟人在巴黎，眼下他解释，原来他得了一笔奖学金，使他成为大学的驻校艺术家，所以现在他的周围全是学者教授。他发现他们求知欲强：每讲一个词都一定要从十几个不同的角度来限定修饰才行。听他们讲话，他说，等于面对一大堆口头的脚注。与此相反，每当我张嘴讲话时，有欠考虑，如你所知，我一向这样，想到什么说什么，每个人都是一副惊骇无比的表情。要不然，他们就夸我勇敢。可假如你并不知道自己是在涉险，被人夸勇敢，实在惭愧难当！

那日天气热得反常——十月，二十八度，等我们到餐厅时，依旧暖和得可以在室外用餐。一位俊美绝伦的服务生领我们入座，他立刻变成话题。他是黑人，非常年轻，苗条但健壮，像个舞者般穿梭于桌子之间，公然与许多男性用餐者调情，包括我的朋友在内。你的男友好吗？我刻意地问 V。住在海边、和你交往了二十年的男友？他怎么样？哦，他挺好的，我的朋友回答，脸上装出一副正经的表情。他一直很好。不过，我们的关系处在一个耐人寻味的新阶段，即，我开始注意到，最好还是只跟他讲些令人发噱的邂逅——出洋相的性行为或是闹了什么笑话。相反，假如我真的与谁有来往，我最好还是保密，因为假如我告诉他，他就沉默，感觉在某些方面受了伤。可当然，对我而言，最值得聊的恰是这真正的来往，所以，不把那些来往告诉他，让我感到极其内疚，因为排除那些来往，便是排除了一部分我实际有过的生活体验。真教人为难啊！

听 V 讲话令我莞尔。他问我为什么，我说我在想全世界的中产阶级，眼下察觉到——主要从他们读的星期日报纸上、写生活风尚的文章里——年轻人的多边恋爱关系，内心受到煎熬，由此他们产生疑惑，在结婚二十年后，是否还来得及以某种方式在他们自己的关系中引入开放式的观念。V 大笑。在我的文化里，他说（使"文化"一词听上去含有讽刺之意），那样的对话来得风驰电掣。两个男人走到一起，欢天喜地。一直幸福快乐地生活着。转而他们查看日历，没想到已经过去三个月，是时候考虑变成开放的关系……那位俊美的服务生又过来问我们想喝点什么，稍后，以尽可能迷人的方式表示，一般法国人无法相信有伏特加马提尼酒这种东西。V选了一瓶白葡萄酒代替，在服务生走后，向后靠坐在他的椅子上，服务生怀着倾慕他的心情返回厨房。我告诉V，以前我曾认为，人们对在像他这种男人身上看到的性自由嫉妒得发狂，但现在我觉得大多数人其实并不想要性自由，至少，假如这种性自由意味着必须准许那些他们想占为己有的人享有同样的自由，那么宁可不要。没错，除了性，我们至少还想要有机会再现、重演并改进我们原来戏剧性的家事，在一个新的住所，有新的母亲和父亲，只是这一回，你的父母也是你可以发生性关系的对象，像弗洛伊德指出的那样。事实上，弗洛伊德最了不起的洞见是，没有什么比中产人士的婚姻生活更有违常理。V拼命点头，同时撕着一片面包。可不是嘛！现今，我继续说道，比如，当我看着老去的好色之徒身边的女友换了一个又一个，我见到的实际是一名极度渴望得到母爱的男子。我好奇，那种天性在像你这样的男人身上是怎么表现的？V叹了口气。他说，可能同性恋男子的真正定义是他已经有了够用一辈子的母爱。

吃主菜时，我们讨论巴黎的性俱乐部和性爱派对。V的一个好朋友有时定期参加这类活动，把里面的情况悉数讲给他听，现在他向我转述。我对放衣服的小锁柜深感兴趣，还有那么多人不脱掉袜子的事实。但最令我感兴趣的是把他人当成物来对待的观点，可我还没能顺着这条思路追根究底地问下去，我的朋友就打断了我。我不是指物品，他说，我在讲的是身体部位，身体上的孔洞和阴茎，完全是两码事。那些器官个个具有相同的产生快感的能力，并都同样不知道它们的"主人"是谁。进行道德说教的人是你，是你提出物与人的区别。总之，性爱派对的关键不是一种对待人的不同态度，而是一种与时间的不同关系。你——V用一根手指指着我的胸口——总的来说太在意时间。这样扭曲了你对许多事情的看法。连你自己戏剧性的家事——当然我说的是你父母之间的年龄差距——也总被你理解成他们之间根深蒂固的不平等。我与我的伴侣之间也存在类似的年龄差距，可我很少思及这种差距。你选择把这种差距看得如此重要，因为你老是想着时间。例如，我记得有一次，我与你讲起那天，我在市内马不停蹄地到处与人发生性关系，你说，你实在无法理解日间的性行为，因为那样做是"浪费时间"。可以更有效地用来工作的时间！V无可奈何地举手投降。这下轮到我大笑，并也抗议——我讲的这些话，至少实质上是半开玩笑。行，V坚持己见，但骨子里有几分是真那么想。我把性、任何一种性行为，当成无视甚至忘却时间的做法，所以性快感决不是、也决不可能是浪费时间，因为它完全抹煞了时间！

我们把盘子一扫而空后——我的盘子干净到让你压根儿看不出盛放过食物——那位服务生又过来，无视我们互相间装出对餐后甜品模棱两可的态度。我们点了一份奶酪拼盘和一个巨大的焦糖布丁。我试图为自己辩护，指出，女人的一生太常让人觉得受时间支配：生物时间、历史时间、个人时间。我想起我的朋友萨拉，她曾写过，对孩子而言，母亲有点像一口钟，因为孩子一生的时间是以母亲的时间来度量的。母亲是孩子人生徐徐拉开的背景幕布。假如这样一个有时间加权的生物觉得难以容许完全忘却时间的快感，那么或许情有可原。V假意认真地考虑了一下这番驳论。但接着，我一停下讲话，他便报出一大串女艺术家的名字，过去的和现在的都有，她们以日间的性行为为乐，不过他没有说明他是怎么知道她们的这项爱好的。也许你就是太英国化了，V暗示，这一点我承认。

到V付账时，已经过了午夜，但因为我们开始得晚，仍感到意犹未尽，于是继续去了花神咖啡馆，又点了些葡萄酒，思忖着明早我们得做各种健身运动，以此来抵消这些酒、奶酪和糖对我们中年人体形的影响。我问他对衰老有何看法。V皱起眉，问我为何忧心这个话题，我看起来丝毫未变。可那是朋友一贯的说法，我回道，他们并未撒谎，但那是熟悉造成的错觉。我觉得你没有变老，我的朋友也都没有变老，但怎么可能。没错，V说，可你真的没有，或没那么明显，所以听你抱怨某些没怎么波及你的事，令人觉得不快和厌烦，更别提这样做有失礼貌。我伸出手，捏了捏V的腰带，指出——什么？一直是二十九寸？二十八，他嚷道。是二十八！请更正一下，还要写下来，以免忘记！我答应会照做。V用他的苹果手机拍了一张我们两人的自拍照，我们急切地俯身，对着那屏幕研究，可发现我们谁也不年轻，与我们想象的相去甚远。但假如我们是白人，V一边有点闷闷不乐地说，一边把他的手机放回口袋里，大概早已老得无药可救，所以起码，我们可以为自己感到欣慰。尽管如此，我知道总有一天，我会看着镜子，见到一个很老很老的男人，和你见到的在中国农村河边卖鱼的老头一样，你会看着他，然后发现那个不管长什么样的对应的牙买加人。这一刻会来得猝不及防。我们会一直三十七岁，持续二十年，接着突然间，我们都变成一百零五岁。

到这个时间点，我们已醉得不轻。我们的谈话在东拉西扯地兜圈子，像一个老糊涂跌跌撞撞地走在路上，不注意人行道上的裂缝。我们不知道年轻人无意中听见我们的谈话，会怎么看待我们陈旧的概念划分——异性恋、同性恋、双性恋、男人、女人，他们肯定觉得我们荒谬可笑。我向 V 直言，在变革方面，年轻人通常总是对的，老年人几乎总是错的，可 V 翻了个白眼说：好吧，若真是那样，我们全都还活在圣费尔南多谷的精神邪教里。我在二十岁时错了，他嘀咕道，现在我仍是错的。犯错是一项终生的职业。我们陷入沉默，望着街上的车流。自我上次来巴黎以后，一种新型的电动踏板车遍布这座城市，外观和儿童版的一样，但体积有两倍大，用金属材料制成。通过手机上的一个应用程序，人们随时随地想把它们弃下就弃下，然后再重新启用，由此，这项新技术被转化为巴黎人由来已久的习惯，因此，当我们坐在花神咖啡馆里时，我们能看见好几对别具风格的情侣经过，两个人站在一辆踏板车上，没戴头盔，互相搂着，如同以前骑韦士柏小摩托车和自行车、坐在雪铁龙 2CV 型号的小车和马车里，或是在一辆农夫的拖车背后，舒适地靠着一捆捆干草。

很晚了。我们开始刻毒地评点以前我们曾经认识的漂亮的年轻人，继而又回到年纪这个泛泛的话题，谈到忘年恋，以及我们俩是否仍觉得二十出头的人有魅力。V 认为绝对是的，他仍那么觉得，但有时会听不下去他们的对话，而我必须承认，由于我明显的女性特有的对时间的先入之见，现在我多少有点对年轻人视若无睹，他们年纪小得可以当我的孩子，我无法从别的角度去看他们。这个事实在某种程度上令我感到沮丧：随着年纪增长，不由自主地，连我的情欲也变得斯文、规矩。为了安慰我，V 讲起一位与他相识的年迈的法国艺术家。她八十岁，去世界各地的博物馆举办她的作品展，每次总是随身拉着一个带轮子的手提箱，里面装满女式内衣。她以定期与艺术圈的男人发生一夜情为自豪，这些男人里许多是二十几岁。我告诉 V，那是我听过的最法国化的事。他同意，我们举杯敬这位八十高龄的女冒险家。我们一边点数我们手头的欧元，一边讨论另一位年老的艺术家，这次是个男的，最近，由于他和一连串比他年轻的男子有不正当的性关系，从他们身上谋利，所以失去了他的画廊。在 V 对此次事件的叙述中，引起我兴趣的是"每个人"都知晓，上面提到的这个男人多愁善感，在性关系中是顺从的受方，他惯常伤怀地让自己在情感上依附于他的年轻恋人、或说受害人——取决于你的立场——送他们花，在电话里痛哭，等等。在这个例子里，"侵犯者"恰巧始终是被侵犯的那个，从不当攻方，这部分的情况完全不见于任何报纸的报道，这个细节对他来说无关宏旨，要么因为它丝毫不改变他有罪或无罪，要么因为它是结构上的盲点。可人生里有那么多东西是结构上的盲点，没办法融入外界对我们人生的描述之中，我强调。我们的人生，内部如此不同。我们决不可能当众表现出我们人生全部的特殊性和奇异之处，人生内在混乱、错综复杂的状态。总有那么多事，结果证明是无法言说的！没错，V 说，可与此同时，你不能把一切交予公开的报道，让人们看见或认为他们理解的等同于一切。举一个完全不同范畴的例子，在巴黎这儿，我是中国人。我公开的一面，那一面是我的脸，在我还没能开口时已代表我发言，所以照公众的描述，我就是中国人。我不可能走在路上，身挂一块夹板广告牌，说明我的血统、我的国籍、我的文化、我的历史、我祖国的历史等等。那样做会累死人，不现实。但我也不能只承认人们对我的外部定义。你必须小心地把自己加以区分，恺撒的归恺撒。当然，我知道我是什么样的人，在给定的时空下，我能够并愿意把这些事实充分完整地表露出来。可实际上，我很少这么大费周章。那样做可能是感性问题。例如，总让我觉得十分好笑的是，有一类人，他们因为你读错他们名字的发音而大怒！在法国，我每去一个地方，人们问我，我名字里的 A 是长音还是短音。他们的语气总是非常紧张，仿佛他们认识许多把这类事看得无比重要的人，他们不想对我犯同样的错。照我看，V继续说道，和平地生活在一个社会里，意味着明白一个道理：别人在乎的事，对你来说可能毫无意义，反之亦然。你懂我的意思吗？

我没有直接回答，而是给他讲了一则往事，在我以前参加过的一个聚会上，有位男士，一整晚用另一个女人的名字称呼我，误把我当成她，也许因为她和我从事同一类工作。虽然我们以前见过许多次，但我没有纠正他。我试图在内心把这件事视为对我的侮辱，产生与别人一样的感受，在意他们会在意的东西，但结果，我却感到一种莫名的轻松，像是给了自己脱身的机会，离开那场晚宴。V一声不响地听着，然后从椅背上拿起他一整晚没有用上的亚麻外套。我想，正因为如此，所以我不断更换居住的城市，他说，不断让自己有脱身的机会。

在走回我酒店的途中，我想再讲一件事，是昨晚早些时候、在我坐火车来巴黎的路上发生的，但这件事不易启齿，因为它与我们先前讨论的东西没有明显的联系，像是从另一个现实世界里冒出来的。可我就是觉得它意味深长，忘不了。当我们一边闲聊、开玩笑，一边沿原路折返，重走我们在这座城市里走过的路时，在我的内心深处，我不停搜寻着某种方式，能将话题自然地转到我想讲的事上，不让人觉得我是个自大狂，一味地只讲与自己有关的事，可我还没想出解决的办法，我们已经来到我的酒店门口。我们道了再见，紧紧地拥抱彼此，我跑上三段楼梯，醉醺醺的，心情愉快，感谢有这样一位可以放心地无话不谈的朋友。可想到这儿，我记起：我并未告诉他一切。我没有告诉他，在从斯特拉斯堡来的火车上有个患图雷特氏综合征[1]的

---

1. 以不自主的多发肌肉抽动和猥亵性语言为主要临床表现的原发性锥体外系统疾病。

人。他和我差不多年纪，但头发稀疏花白，他穿着一件浅棕色的雨衣，盖住同一色系的长裤和鞋，像是企图给自己罩上一层保护色。为了国王！那人用法语每隔大约二十秒讲一次。为了国王！有时他重复的频率太快，话语之间几乎没有停顿。他控制不了自己：他唯一有权选择的是声调。他可以讲得很响或不那么响。他旁边的那位妇女，六十几岁，我猜是他的母亲，时而嘱咐他小声点，时而温和地用法语回应他重复的话，没有一点恼火之意：是的，是的……是的，我的宝贝……为了国王。我与她短暂地对视了一眼：她与归她照管的人就坐在我后面。看着她，我深信这四个字她已经听了许多年，也许几十年。早先可能掺杂着别的话，可能没有。她看我的眼神，让我觉得难以形容。那眼神里没有痛苦、羞耻或焦虑。它不请求容忍、怜悯或接纳。它既不挑衅也不愤怒。甚至没流露出特别的疲惫之态。那张脸毫无表情。事情就是这样，她的脸表示，这就是我的人生。

车厢里满座。意识到此人不会停、不可能停，每个乘客——在入座后没多久——伸手去拿他们的耳机，从而进入个人的世界。我也一样。二十年前本可能是一趟折磨人的旅程，现在对谁而言都不成问题。可以明显感觉到全体人对技术的感激之情：今晚，我们可以表现出我们最好的一面。我们不用回过头，叹气，或私底下祈祷这户愚昧无知的人家早点下车。我们可以微笑着，带着同情的目光坐下，表明我们不介意与精神病患者同乘一节车厢。诚然，其他人听的是音乐、播客、电影或有声书，我则选择了"布朗噪音"，一种具有较高能量强度的静电噪声，我调高音量，让我可以安静、完全不受打扰地阅读一本小说。时间过得飞快。在我还没意识到时，火车已抵达巴黎，我迫不及待地想见我的朋友，摘下耳机，惊讶地回到我已遗忘的现实里，当我在神游另一个现实世界时，这个世界并未消失。在这个现实世界里，我们无法回避、躲开或忘却时间。我们只能忍受时间。那个男人依旧别无选择，只有念着"为了国王！"，每隔一会儿重复一遍，有时是尖叫，有时不是，那位妇女在他旁边——她本完全可以保持沉默——时不时做出小声、认真的回应：是的，是的……是的，我的宝贝……为了国王。不把那句话当成下意识、实质上空洞的陈述——好比动物的叫嚷，而当作人的言谈，依然带有某种意义，不管这种意义多么微不足道。

/

今非昔比

　　一心求好。想在别人眼中显得好。被人看到。也是为求存在。坏的、看不见的，实际与表面相反的东西，死亡本身——这些已过时。我对玛丽讲的大致是这个意思。我说，玛丽，我刚才提到的这种种东西实际已不再流行，而且，既然谈到这个话题，你的名字也是败笔，现在没人叫玛丽了，连讲出她的名字也令我感到难堪——说真的，你能赶紧离开这里吗？

　　玛丽走了。斯考特过来——大为改善。斯考特非常投入、积极。她活跃于各大社交平台，不管什么事，她几乎总是前三百个知晓的人之一。通过比较，我在知晓事情方面，最早的纪录是第一千万两百零六个看到那件事。斯考特和我之间明显存在巨大的鸿沟。可正因为如此，我总是非常感激她过来，告诉我新闻。瞧，据斯考特说，新闻是（已成旧闻？）如今，过去亦等于现在。我请她拉一张凳子到我二十世纪中叶现代风格的早餐吧台旁，为我多讲解一点那条新闻。那日下午的光线很美——从我住的十一层楼，我可以放眼望见哈德逊河——它使我满怀乐观的态度，热切地想受教。但斯考特出言谨慎，认为我既无法做超越历史的思考，又不精通社交平台。她把一个纽约体育俱乐部的大手提袋放到流理台上，掏出两个木偶——自制的，粗陋得不像样。第一个看得出是个女人，但她的手臂很长，长极了，至少有她身体的三倍长，她没有鼻子。另一个有点像三角纺锤，两面各画了一张脏污的脸，边角上有线挂下来，我可以发誓，我以前在什么地方见过这个木偶。斯考特的示范相当细致——我不想在这儿一一详述，但中心思想是：统一性。她解释，你得追溯到很久、很久以前（因而是那双手臂），你得确定，在像这样追溯的过程中，你依旧用你理解当前事情的方式——一模一样的方式——去理解那个时空下的一切。万一结果你没有——假如经过一些挖掘后，有人发现证据，显示现在的你与过去的你严重脱节——好吧，那样的话，你只能想办法重建联系，你得做得天衣无缝。不能两面派或左右逢源（像这个三角纺锤形的家伙一样），而要天衣无缝，因为否则你（现在的你和过去的你）会遇到各种各样的麻烦。天衣无缝。天衣无缝。讲到这儿，我们都饿了，于是暂停，点了两碗夏威夷生鱼盖饭。

"有个问题请教你：统一性。"我说着，把手肘支在流理台上，"我认识一个女人，她是大有来头、风光无限的首席执行官，她的名字叫纳塔利娅·莱夫科维茨。她使过去与现在别无二致，受大家仰慕，不仅在别人看来是个好人，而且确实做好事，帮助世界上的许多人，在这儿、那儿、各个地方，提供干净的水、公平的就业机会、产假和其他众多无可辩驳的女性福利。可昨天，她收到这条消息。"

我给斯考特看那条消息，是一个叫本·特雷纳的人发到我手机上的，他显然是纳塔利娅的一位前男友，她的儿子——我指纳塔利娅的儿子——几年前上过我的"卡夫卡和克尔恺郭尔"课。据这位本·特雷纳讲，在刚过去的一段时间里，纳塔利娅喜欢做与现在的她不符的事。像是一边鸡奸本·特雷纳，一边假装是他的母亲。还有在他假装把她当成性奴，关在她自己位于东汉普顿住处厨房底下的狭小空间里时，喊他爸爸。当时，他们俩对这些对立的怪癖达成共识，可他们分手后，本想到，虽然在他自己的人生和他的性生活（本在里文顿街的一家皮裤同志酒吧当总经理）之间不存在矛盾，但职场上的纳塔利娅是个品行端正的光辉典范，与她关起门来干的稀奇古怪的恶心事之间，肯定存在重大、古老的分歧。在本看来，这些不为人知的欲望"超出怪癖的范围，构成问题"，由于这个原因，他给纳塔利娅通讯录里的每个人发短信，告诉他们这件事。

"斯考特，"我问，"你认为她应该害怕吗？"

"我是否认为她应该害怕？你问的是那个？"

"我问的是那个。"

斯考特收拾起她的木偶，指责我轻率无礼、对当前的局势判断有误，然后走了。我们的夏威夷生鱼盖饭甚至还没来。有时，我觉得我提问的方式不对。

*

我住的公寓楼，和遍布这座城市的许多公寓楼一样，我们有这套新的惯例，我们站在窗口，从二楼到十七楼的每个人，高举着大牌子，牌子上是个黑箭头。箭头指向别的公寓。在我们住的楼，指向的是我们大学同事的公寓。弃权的只有少数几位仅剩的马克思主义者（主要是历史系的，但英语系和社会学系也有几个），他们喜欢辩称，那样做好比给一个小孩起名玛丽。今天谁还使用那种语言？本德尔斯坦、伊斯门和韦特指向的是我。（纯粹的防守之举；我没干过任何坏事，也不是名人，他们只是想试图转移人们对他们的注意力。）我指向伊斯门，他住的是一间阴湿的小单室公寓，里面铺着佩斯利图案的地毯。是的，自从与斯考特进行了那番深受启发的讨论后，我决定加入哲学系我大多数同事的行列，指向伊斯门，因为谁不知道伊斯门的事呢？伊斯门是怎么保住工作的，我们实不知晓。他不但不相信过去等于现在，他还更进一步提出：现在，在未来的我们看来将是疯狂愚蠢的，恰如过去，在当前，此刻的我们看来一样！诚然，对伊斯门来说，一切只是时间问题。

我约了年轻的斯考特去电影论坛剧院。我觉得我们走错了一步棋，我想要恢复我们的友谊。我不喜欢这种隔代之间的摩擦。我们去看《郎心如铁》，由蒙哥马利·克里夫特和伊丽莎白·泰勒主演。还有雪莉·温特斯。我那样写不只是为了故弄玄虚：我真心为雪莉·温特斯感到不平。假如你看过那部电影，里面美人如云——贫寒、貌不惊人的雪莉·温特斯被放在天平的另一端，你会明白，用小一号字体是合理准确地体现了她所处的位置。说来奇怪，这部电影里的反面主人公恰巧叫伊斯门。乔治·伊斯门。他由克里夫特扮演，这名演员总让我想要输入"热病"一词。仿佛他长得那么俊美，美到有种病态。（当我向斯考特提出这一点，她问我为什么觉得在身体上物化男人与物化女人有所不同。我没有回答。我重新吃起我的爆米花。）乔治·伊斯门是加利福尼亚一户富人家在中西部的穷亲戚，这家人经营一家成功的大型比基尼工厂。年轻的伊斯门从小在他超级虔诚的母亲所属的基督教传教团里长大，在街头宣教，大概还摇着一个求募捐的罐头，可现在他离开家乡，来到西部，请他年老的叔叔伊斯门给他一份工作。长话短说，他爱上了两个女孩。

一个甜美、普通、真诚，来自底层：雪莉·温特斯。雪莉和他一同在车间工作，把比基尼泳衣装进盒子，碰巧不会游泳。（这一点后来将变成重要的细节。）另一个是性感得要命的伊丽莎白·泰勒：富有、上流阶层，伊斯门家的一位朋友。眼看自己攀不上泰勒，乔治与雪莉谈起恋爱，但厂里禁止员工交往，假如他们的关系被人发现，两人都会丢了工作。不幸的是，雪莉怀孕了。这部电影拍摄于一九五一年，所以有时不易搞清事情的来龙去脉，一切因《海斯法典》[1]而遮遮掩掩。没有人说"怀孕"或"我想要堕胎"。不过，尽管有客气的剪切镜头和委婉的措辞，你还是能明白剧情。两个未婚的人，一贫如洗，对彼此并没太多了解，却将要迎来一个两人都不想要的宝宝。怎么办？雪莉想到唯一的办法是结婚。乔治不想结婚。身处这场危机时，乔治再度撞见泰勒。这回，她注意到他长得像蒙哥马利·克里夫特，疯狂地爱上了他。于是现在雪莉成为麻烦。必须除掉雪莉。可怎么除呢？

为了散心，不想这个迫切的问题，乔治接受邀请，去泰勒父母的海滨别墅过一个周末，表现成晒得黑黝黝、富贵、英俊、快乐的样子，完全不像来自芝加哥的穷小子，曾经走在街上，恳请那些迷失的人和有罪的人与他一起投入基督的怀抱。演到这段时，从头至尾，斯考特不断凑过来问我："蒙哥马利·克里夫特拍这部片子，是在他本人实际出车祸之前还是之后？"我真的说不上来。每当我认为是之后时，我发现自己注意到他脸上奇怪的印记：脸颊上的一道口子，或是脖子上因严重撕裂而留下的疤痕。可转而当我认为是之前时，他的脸让我觉得完美无瑕，仿佛上帝取了白兰度和迪安，想办法把他们组合在一个秀色可餐的俊男三明治里。

在某个时间点，正当乔治在海滩上试图忘记他的烦恼时，雪

---

1. 1930 年推行的美国电影审查制度，后于 1966 年被取消。

莉·温特斯从长途汽车站打电话来，说假如他不马上与她结婚，她将到那栋海滨别墅去，公开揭露他的事，毁掉他的一生。他向泰勒及其家人编了个理由，然后去和雪莉见面。他们前往登记处，准备结婚，可登记处关门了。为安抚她，乔治提出去森林里的湖边野餐，也许是在那个时候，他记起她告诉过他，她不会游泳。他租了一条划艇——用假的名字——带她到水上，明显一心想杀害她。当天她确实死了——死因不明。他们俩在小划艇上吵架；船翻了；他们落水。下一幕，我们看见乔治爬上岸。他有没有试图救她？他是不是自己游走了？他有没有一直用力把她的头按到水里？是不是一级谋杀？或二级三级？到底是不是谋杀？我们无从知晓。我们永不可能知晓。乔治重返他的周末乐园。泰勒父母的黑人女仆正好在准备午餐。你只见过她三四次，她基本不讲话，但这么说吧，她吸引了我的全部注意。我钦佩她的演技，仿佛她全身心投入这场在泰勒父母的海滨别墅展开的大戏，可在我的脑海中，这位虚构的女仆的虚构的哥哥，是二十世纪前半个世纪里数千名在现实中被用私刑处死的人之一。她每次出场时，我即兴为她创作一小段对话，轻声在斯考特的耳边讲出来："是，小姐，我现在去把甜品端出来。我是说，不久前，我的哥哥在阿肯色州被私刑处死，但我看得出来，你有更重要的事情要办——我马上去做。"

　　我一边说，一边发出一种难听的笑声，但我知道，现在不管我做什么都无法改进或改变这个虚构的事实；不，我能做的只有记住它，告诉自己，我要把它记住——这样它不会被遗忘，但在脑海里附注一笔，苦难不具实际用途。对受苦的人来说，苦难仅是苦难。只有对其他人来说，作为象征，苦难才有了意义或用处。绝无一个人在被私刑处死时想着，哦，至少这样会引发不可阻挡的民权运动。他们只是颤抖、痛苦、尖叫，然后死去。痛是其中最不具抽象意义的东西。

在我那位坚忍的女仆收拾完午餐后，有个关键场景，泰勒和乔治，还有一大群其他快乐、年轻、富有的人跳上一艘俗艳的快艇，驶离码头。他们飞驰而去，一边欢呼一边微笑，露出他们美国人完美的牙齿。与此同时，我们，电影论坛剧院内焦急的观众，留在码头上，在前景中，一台孤零零的收音机放在那儿，我们听着收音机里的广播，那些快乐的年轻人在远处嬉戏。我们闻悉雪莉·温特斯死于湖中，警察判定是谋杀，他们正在步步逼近凶犯。这样意味着，那艘船上的每个人，包括伊丽莎白·泰勒在内，很快将知晓乔治·伊斯门，即蒙哥马利·克里夫特，罪名成立，或在某种可能最终无法确知的程度上有罪。我不知不觉地抓紧斯考特的手，轻轻啜泣。

后来，在走出电影院时，斯考特问我，我是否出于本能地同情有钱人和快乐的人。我说我听不懂这个问题。她说，我换个讲法：你出于本能地同情凶犯而不是受害人。由于那番话不像一个问题，而是一种陈述，我能做的只有在她的陈述上做一点补充。我说，在我们大学的哲学系里，我们认为，正如罪行或错误有程度之分一样，同情也有程度之分。这种事不是零和博弈，或在过去不是。那么，你的问题就在这儿，斯考特说，你是两面派，你在朝错误的方向迈进，假如你不加小心，你会发现自己为社会所不容。

我们分手，她去赶一号线火车，我独自步履沉重地走回我住的高楼，特别提醒自己，我将有一段时间不能再到电影论坛剧院看电影，因为夏天剧院关门，以便修建第四个放映厅。那正是我需要的，我一边走一边想。第四个放映厅。假如我有第四个放映厅，绝无任何现实可以从缝隙渗入，我将能够只活在象征中，那样的话，保证一切会更简单。我走到拉瓜迪亚广场时才注意到，尽管我不在家，但六楼的人几乎个个把他们的箭头斜向上，直指我的公寓。蒙哥马利·克里夫特既不有钱也不快乐。他有罪。我出于本能地同情有罪的一方。那是我心虚的秘密。

在当前的局势下，一名高中生写信给我：

尊敬的教授：

　　我是印第安纳州南本德市的一位英国高中学生。《今日哲学》上你最近的文章里面，对隐喻的使用令我甚感兴趣。你为什么选择让隐喻显得如此直白？还有你为什么不道破他的名字，清楚表明立场（支持或反对）？即使你有采取立场，你为什么选择略去他的名字？

谢谢，

一位高中生

我回信：

亲爱的高中生，

　　你看过那段录像吗？情况有点像是那样。有些事如此明显，所以不可能有含蓄的隐喻。例如，在那段录像里，含蓄地表现在这个国家、由政府资助、加诸黑人的暴力行为毫无意义：只能明示。当我们见到那些人个个在前景里跳舞，那个又是尽可能直白的隐喻——在你看着这些黑人跳舞、给你带来快乐时，其他黑人正在死去。

　　至于你的另一个问题，我猜在我看来，有些事如此低劣、邪恶或教人不齿，根本不配指名道姓地来讲。给他们起名会太看得起他们。参见"不该有名字的他"。

此致，

教授

这封回信并未特别让这位高中生满意，我看得出原因。不说别的，我是观看那段录像的第两百万两百零六个人，所以我对它的看法多半不算数。连上帝本人对魔鬼也有各种不同的委婉指称。另外，青少年能嗅出真相。（真相是，我不想被驱逐出境。）第二个星期，这位高中生丝毫未提及我们之前的通信，再次来袭：

嗨，教授，是我，又来打扰你。我的英语老师让我们写一篇提纲，比较某几个文学时代和这几个时代的作者会怎么回应哈姆莱特的"泥土塑成的生命"这段独白。百分之九十九点九的作者已过世，而你是正十分活跃于文坛的。我把这段独白粘贴在下面，以免万一你不熟悉这段话。非常感谢你抽时间看一下！

我近来不知为了什么缘故，一点兴致都提不起来，什么游乐的事都懒得过问；在这一种抑郁的心境之下，仿佛负载万物的大地，这一座美好的框架，只是一个不毛的荒岬；这个覆盖众生的苍穹，这一顶壮丽的帐幕，这个金黄色的火球点缀着的庄严的屋宇，只是一大堆污浊的瘴气的集合。人类是一件多么了不得的杰作！多么高贵的理性！多么伟大的力量！多么优美的仪表！多么文雅的举动！在行为上多么像一个天使！在智慧上多么像一个天神！宇宙的精华！万物的灵长！可是在我看来，这一个泥土塑成的生命算得了什么？[1]

> 谢谢！
>
> 一位高中生

我回复：

亲爱的高中生，

我想说他正经历青年危机。

> 安好，
>
> 教授

附：我知道这个回复不怎么样，可另一方面，像你说的，其他人几乎都死了，我是十分活跃的。

我在布利克街撞见一个为社会所不容的人。我想和他聊一聊，于是我这么做了。在我们聊天的过程中，我不停地想着，可你是为社会所不容的，然而那一点没有阻碍我们的交谈，相反，我们开始越聊越起劲，像两个疯子似的，喋喋不休地讲着一大堆事：丢脸，毁灭，公开的羞辱，破坏声誉——一个人生命中不死的那部分——受妻子、孩子、同事的鄙视，个人的病态现象，曝光，自杀的念头，诸如此类等等。我心想，说不定假如有一天，我终于完全使自己不为社会所容，我或许也会感到出奇的自由。摆脱了期望。摆脱了别人的看法。摆脱了许多东西。"那样像坐牢，"他不无快活地说，"你不见任何人，你

---

1. 这段《哈姆莱特》里的话，译文采用的是 1992 年人民文学出版社出版、朱生豪翻译的版本。

完成许多著作。"

假如你想问，按一到十来评估，他的坏可以排在第几级，据我了解，一般认为，他徘徊在二三之间。他没有"伤害过人"，只是"惹恼过对方"。倘使他以前伤害过人呢？那样我还会与他交谈吗？不过肯定，如果是那种情况，在理想的社会——经过法庭审判后，他会被送去坐牢，或，假如你对犯罪与惩罚有更开明的看法，会被送去治疗所，那儿帮助人改邪归正，不再伤害人。我会去牢里看他吗？恐怕不会。我不会开车，而且我从未志愿参加过那类活动，参加那类活动的人多愁善感，受福音书的影响，认为所有人在本质上互相伤害和自我伤害，所以连罪大恶极的人他们也去探访，送他们福音书，还有他们织的毛衣。但眼下的情况不是那样。他为社会所不容，我没有。我们道了再见，我回我住的高楼，整个下午不去窗口，没心情看牌子或箭头。我不知道那时（上星期）的我在第几级。我很快会发现答案。好家伙，很快会揭晓答案。但此刻，在我向你讲述的这个当下，我的目光穿过一扇玻璃窗，阴森森地。估计与你一样。与很多人一样。

接着我犯了个错。这是昨天的事。假如你和斯考特是同一类人，你大概早已听说。（事发十五分钟后，斯考特发电子邮件给我，表示慰问，也提醒我一个事实，她将不再给我写电子邮件。）具体的情况如下：我们中有一位诗人讲了某些出格的话。他是一位比我们新派的诗人——走音乐路线，所以他的话往往不胫而走，在我们住的几栋高楼间流传，闹得满城风雨。人们惊骇、大怒。所有箭头指向他。我说，瞧，在政治上，你们绝对有权利生气，但从存在的角度讲，你们错了——从存在的角度讲，这位诗人只是希望我们大家获得自由。事实上，他根本不是诗人，他是哲学家。没错，我说了这话：他是我们中的一员。可接着，这位诗人亲口表示，哲学一无是处，还说，他正巧相当喜欢魔鬼——我们有时称魔鬼为"敌人"，有时什么称呼也没有，后来他又说，他很高兴，"不该有名字的他"上台掌了权，因为他钦佩他的干劲，他在区分过去、现在和未来上的无能。那件事后，很快，这位诗人被封杀，再过不久，我也被封杀了。

大联盟

　　冲我六岁的孩子大吼到她一头倒在床上哭泣的地步，我感觉我需要走出这个家，去见见我的母亲。她死了，人在天堂，但为方便起见，我们在拉德伯克街尽头的炸鸡店外碰面，此刻，那儿是我能想到的黑人最多的地方。我们一同坐在金龙轩的台阶上。男男女女从我们旁边经过，进去吃炒菜和四川风味的食物。母亲与我打量彼此。作为死去的人，她看上去气色不凡。死亡未能使她枯萎。不能使她枯萎的东西有一长串，这仅是其中之一。她把她的长发绾裹得恰到好处，高耸、威风。没有一丝灰白，黑得发亮。她看起来简直和五百元纸币上的南妮女王一模一样。

　　在我提到她像南妮时，她说，那个不是巧合。死了的我已变成逃亡黑奴领袖南妮。换句话讲，我一直是她，只是到现在才显露出来。我就知道，我说，她告诫我别讲美式英语，问我是不是还住在那魔鬼般的地方。我不得不承认是，但我不远千里，横渡大洋，只为与她的灵魂对话。好吧，现在你是阿散蒂人[1]，她说。听到这句话我很高兴，

---

1. 加纳的民族之一。

我一直有这样的猜疑。不过，我还是啧了一声，表明：和每个勇士的女儿一样，我想从我勇士的母亲身上得到更多，更多更多，永远不会满足。我的母亲也相应地啧了一声，表示她理解。

我们一起审视那幅景象。在我们四周是狂欢节后的狼藉：红条纹啤酒罐，丢弃的羊肉馅饼的黄色饼皮，折断的哨子，闪闪发光、用来贴在脸上的饰品，肮脏的羽毛，警察发的措辞友好的卡片，详解正当的拦截与搜查程序，让我们知道他们的权力有限。哦，狂欢节啊！当我们在八月的阳光下跳舞时，感觉美妙极了，快乐得出汗，黏糊糊，像人生甜蜜的捕蝇纸，但接着夜晚降临，警察赶我们回家，我们审视兵荒马乱后的街道，我们思忖，下一年我们绝不要再搞这么多麻烦？（自一九七二年以来，南妮每年都去参加狂欢节。）或许只有我那么想。（我从来分不清我和其他人之间的界限。）也许各种轮回都该得到尊重。

我们家族中的女人，我的母亲声言，不赏识我们家族中的女人。哦，那么讲在我听来可鄙，属于赘述，因此我进去买点炸鸡。不过这家是中餐馆，以顾客为先，那日，他们供应不正宗的牙买加香辣烤鸡配米饭和豌豆，还给了两把塑料叉子。我望着店家的女儿叹了口气，经营这家店的那位母亲用语速飞快的广东话数落她盖泡沫盒子的方式。我曾认识一个名叫埃尔米奥娜的女孩，她的母亲从不坐下用餐。她烧完饭菜就直接打扫卫生，假如有人试图拉她去桌旁，她说，不不不，我在这儿用我的小盘子吃就可以，接着，她会在每个人吃完后，一边收拾，一边像鸟儿似的从那盘子里吃一小口，每次相隔半小时左右，直至那盘食物冰凉，上面结了一层衣，到这个时候，她会把盘里剩下的东西全倒进垃圾桶，把那个小盘子一并洗了。她用这种方式表现爱，让我觉得闻所未闻——我心生敬畏。我去参加了她的葬礼。七百人起立，齐声吟诵："她永远想着别人，从不考虑自己！"可你只有身在其中，方知其味。

当我重新走到外面时，我的母亲摆出老奥比女巫的姿势：两腿大张，裙子落在中间，脚趾像鸭子似的展开。她依旧气色过人。以前有许多次，我还没拿起我的塑料叉子，她已经直接在吃我盘里的食物——但我看得出为什么阿拉瓦人曾涌向她。假如你濒临灭绝，能靠的只有南妮。可你一点不会唱歌，我对我的母亲说——我终于讲到正题，怪异的是，我的女儿用灵魂唱歌，真的用灵魂，我想，我担心这整件事意味着什么。此时我的母亲和附近所有别的奥比女巫停下，发出长久、响亮的笑声，嘲笑担忧会如何在潮湿、肥沃的土壤上发芽，却难得想要在她们本人经历过的那种干旱条件下成长。

嗨，假如你问比莉·哈乐黛，我的母亲闭着眼睛说，她会告诉你：没有人像我这样唱"饥渴"一词，或"爱情"一词。那样讲不是为任何东西辩护，我的母亲澄清，那就是纯粹的事实。不过女儿，你知道的，我本人并非比莉的歌迷。在音乐上，我爱的是罗迪根，过去、现在、永远都是！

我站起身。我对她说我爱她。我漫步朝大联盟运河走去，那条河很有可能正是牛奶之河，是全世界所有女儿每次去五金店买牛奶时——尽管她们再清楚不过，五金店里没有牛奶——在寻找的。五金器具！到处是美式英语。可还有爱、历史的认可、蓝山投下的辽阔得不可思议的影子，在山顶，你会找到我逃亡的黑奴祖父，从未死去、不死、完全没死，万世与他的鸡和山羊在一起，生活在一块块他争夺来的土地上，他几十个几十个几十个离家的孩子，在他们当中，有几位勇敢的女孩，此时从山的阴面下来，跟随我的泥腿子马、她的泥腿子马，还有她的泥腿子马的脚步，以必要的速度行进，不总是牵着彼此的手。

致谢

塔什、德沃拉、克里斯、戴夫、乔治娅、乔纳森、安、德夫、克雷茜达、本、达里尔和西蒙，你们以各种不同的方式，使这些故事更进一竿。谢谢。

感谢尼克阅读《大联盟》的初稿，给我指点了一个不同的航向，向上游而去。

谢谢我的母亲伊冯娜，适时地让我注意到凯尔索·科克伦一案。

此页：《我以为我在做的到底是什么呢》，托尼·凯德·班巴拉，收入在《作者谈她的作品》里，珍妮特·斯特恩伯格编辑（W. W. 诺顿出版社，1980 年）。

此页：《一个人文主义者的观点》，托尼·莫里森，在波特兰州立大学的俄勒冈公共演说系列上所做的演讲，"黑人研究中心公共对话，第二部分"，1975 年 5 月 30 日。

此页：帕特里克·迪格比的话，引自 1959 年 5 月 21 日的《每日快报》（头条：经过五十个小时后，青年们返家）。

此页：弗朗西斯·蓬热，《桌子》，版权所有：伽利玛出版社。

此页：保罗·吉尔罗伊，《阵营之间：国家、文化和种族的诱惑力》（劳特里奇出版社，英国，2004 年），《反种族：想象超越肤色界线的政治文化》（哈佛大学出版社旗下的贝尔纳普分社，2000 年）。

还要感谢以下出版物，书中有几篇故事最早刊登在这些刊物上：

《懒人河》最早发表于 2017 年 12 月 18 日的《纽约客》。

《恰好》最早发表于 2013 年 4 月 6 日的《格兰塔》杂志。

《裹在紧身褡中的阿黛尔小姐》最早发表于 2014 年春季刊的《巴黎评论》。

《逃离纽约》最早发表于 2015 年 6 月 8 日的《纽约客》。

《重大的一周》最早发表于 2014 年夏季刊的《巴黎评论》。

《面见总统！》最早发表于 2013 年 8 月 12 日的《纽约客》。

《两个男人来到村子里》最早发表于 2016 年 6 月 6 日的《纽约客》。

《今非昔比》最早发表于 2018 年 7 月 23 日的《纽约客》。

Zadie Smith
Grand Union
Copyright: © 2019 by Zadie Smith
This edition arranged with ROGERS, COLERIDGE & WHITE LTD (RCW)
through BIG APPLE AGENCY, Inc., LABUAN, MALAYSIA.
Simplified Chinese edition copyright:
2022 SHANGHAI TRANSLATION PUBLISHING HOUSE (STPH)
All rights reserved.

图字：09-2020-404号

图书在版编目（CIP）数据

　　大联盟 /（英）扎迪·史密斯（Zadie Smith）著；
张芸译. —上海：上海译文出版社，2022.3
　　书名原文：Grand Union: Stories
　　ISBN 978-7-5327-8901-6

　　Ⅰ.①大…　Ⅱ.①扎…　②张…　Ⅲ.①短篇小说—小
说集—英国—现代　Ⅳ.①I561.45

　　中国版本图书馆CIP数据核字（2022）第033701号

大联盟
［英］扎迪·史密斯　著　张　芸　译
责任编辑 / 杨懿晶　装帧设计 / 人马艺术设计·储平

上海译文出版社有限公司出版、发行
网址：www.yiwen.com.cn
201101　上海市闵行区号景路 159 弄 B 座
江阴市机关印刷服务有限公司印刷

开本 890×1240　1/32　印张 7.25　插页 2　字数 124,000
2022 年 7 月第 1 版　2022 年 7 月第 1 次印刷
印数：0,001—5,000 册

ISBN 978-7-5327-8901-6/I·5504
定价：78.00 元